大風吹——台灣童年

王盛弘

本書獻給我的六嬸黃阿閬女士
六叔王朝雄先生

目次

台灣童年

愛與夢是括弧的兩端，
我把我的身體置於中間，
以此，我認識世界。

——阿多尼斯〈紀念童年〉

1 楞鬼

長輩C說過，她不吃釋迦和榴槤。我猜因為吃釋迦太過於麻煩，而榴槤氣味薰人。她說不是，只為了——「釋迦和榴槤長得不太好看」，不好看的水果她不吃。

長輩C——算了，還是說出她的名字吧，她是資深藝文記者陳長華女士——是我在報社擔任文化新聞版編輯時的老長官，一向照顧部屬。辦公室冷氣太強，一到傍晚就讓人打哆嗦，我卻常穿得單薄；有日長華姊拿一件薄外套給我，說是她的公子出國前穿的，讓我放在辦公室，冷了可以披上。

在人生道路上，我總是仰賴長輩的善意。改寫《慾望街車》裡白蘭琪的台詞，就該這麼說。

關於水果，我沒有長華姊的那些個講究，固有偏愛但並不挑食，不過，深感覺到目前連鎖超市賣的香蕉、菝拉，都沒小時候的好吃。這應該不只是記憶為食物調味，或貧窮的日子裡格外珍惜物資。或許那時賣場不必替香蕉預留太長銷售期，不至於過於青澀時便得採收；至於菝拉，都是到鄰村果園現摘現吃，自然鮮美無比。

菝拉不能連子一起吃下肚裡去喔，大人警告，食菝拉放槍子。西瓜子也不行，大哥看我手上拿一片西瓜，眼睛盯著盤子裡另一片，猴急得連西瓜子也囫圇吞下，恐嚇我，小心明天斗宅長出西瓜來。我扁扁嘴，回他，少騙我，我才沒這麼容易上當呢。

第二日醒來，一睜眼便和大哥一雙又黑又亮好像龍眼子的眼睛對望，那是一副幸災樂禍的表情。我想起了什麼，趕緊伸手撩起上衣下襬，赫然在肚臍眼上摸到一枝西瓜苗。大哥說風涼話，就告訴你西瓜子不能吃嘛，看你現在怎麼辦？我急了，哽咽了，快哭出來了。還好大哥很有義氣地，說著我來吧，一把便將西瓜苗連根拔起，根部還帶著一小團黏土。

大哥告誡我，看你以後還敢不敢這麼楞鬼！我噙著淚水，搖了搖頭。卻只見大哥莫名其妙地突然笑岔了氣，連平日不太表露情緒的母親，站在幾步遙的地方，也笑出聲音來。

2 陰陽雨

對祖母的印象已如經久曝曬的廣告紙，顏色褪得十分淡薄了。有個場面似乎是，有人向她敬菸，她嘴上說不用不用，卻伸出手去把菸接了過來。這是我最早的幾個記憶之一。我仰頭站在一旁，目睹了推辭與接受同時進行，好像大太陽天裡下起了雨，當成一樁新鮮好玩的事去告訴了母親。

當時怎麼懂得，這是人際應對的客套。

另有一個場面：二期稻作收穫後，穀子曬在稻埕，夏日午後，天空猛地烏雲四合，西北雨倒臉盆水般潑下，頃刻間稻埕積水高逾腳踝，穀子不斷沖進排水道。大人小孩都頂著暴雨搶救，因為一雙小腳而幫不上忙的祖母為眼前景象所驚嚇，突然癱軟，跌坐地上。

對了——記憶真像埋在地底裡的憨吉，以為只有露出地表那一個，一扯卻纍纍一大串——親朋探望祖母，送來五爪蘋果、克寧奶粉，她都收進五斗櫃。當祖母好大方拿在手上問有誰要時，水果已經開始腐爛，而奶粉早過了食用期限。

關於祖母的記憶，遂瀰漫了爛熟的甜香或灰撲撲的霉味。

母親提過，有回祖母出門晃盪了一圈，返家後盛讚自家水田種得真好，追問之下才得知，她根本找錯了地方。母親的結論是，看你阿嬤命好不好？

母親沒說出口的，其實是對自己一生操勞的惋歎吧。

母親真夠辛苦的了。父親曾滿口酒氣透露，在我們三兄弟之外，母親懷第四胎，尪仔某兩人商量，自知無力扶養而偷偷去做了小產，又怕祖父祖母發現，母親第二天仍舊照常操持家務，下田勞動。

父親說這些話時不當一回事的表情，真令人討厭。

透過追憶，祖母的形象浮水印般逐漸鮮活了起來——還記得的是，每遇陰陽雨祖母便要說一句諺語或歇後語一般的話，「出日更落雨，嬰仔翻豬肚」，我問是什麼意思呢，祖母說她也不知道，當她做囝仔時就聽大人這樣說了。

3 撲滿

圓型糖果盒是我的撲滿原型，一向疼愛我的大伯母幫忙保管著，我把一角鎳幣、五角一元紙鈔交給她，她在我面前放進糖果盒，蓋嚴；有時我問，存多少錢了呢？大伯母便自衣櫥深處取出糖果盒，算數給我看。

將錢交給大伯母，是要比交給父親母親來得可靠多了；這個世界若真有純良的好人，我心目中的大伯母要算一個。

大伯母晚年遭逢病痛摧殘，我回竹圍仔探望，她勉強自床上坐起身來，聊了幾句後相對無語，突然地她冒出一句話，我這世人也沒做過什麼歹代誌，想不通怎麼會受這些拖磨。我聽了，眼眶發酸，吶吶安慰幾句，心中感到茫然。這時候我的年紀已經略懂得人生實難的況味了。

最典型的撲滿是肥墩墩的小豬造型，但全都在飽食後挨上一刀，沒能留下來；倒是有個大阪城造型撲滿，底部設有機關可以旋開，是姑姑自日本帶回的等路，肯定還在家裡某個角落。

小時候常見母親將錢幣餵進大阪城，但我拿它在空中搖晃，卻只聽見幾枚硬幣空空洞洞撞擊著。心裡納悶，便留意著動靜。

謎底很快揭曉，我撞見父親正倒拿著大阪城掏錢。父親雖不是什麼在家人面前擺派頭、端架子的人，但總是「父親」，他心虛囁嚅著，想，想買包菸。他尷尬地笑了一笑。

我思量著該不該向母親通風報訊，終究還是決定說了。才開了話頭，馬上遭母親打斷，母親以彷彿自己才是被撞破了祕密的那種不讓人聲張的音量說，沒多少錢啦。一時我也就明白，父親出手大方，口袋空空如也是常有的事，拉不下臉為了菸酒小錢向母親伸手，母親也不說破，只是把錢存進撲滿任父親取用。

在外飲宴也是這樣的，臨付帳時母親自口袋取出幾張鈔票，桌底下偷偷交給父親，讓他作面子。

這些，我都看在眼裡。

4 一場葬禮

父親帶我參加一場遠房親戚的葬禮。

擇吉日出殯，沿途房舍門柱事先都貼有紅紙頭，隊伍經過時家家戶戶設案拜祭。

當送葬隊伍走到村子口，少部分的人摘去喪服，折返；其餘登遊覽車，車隊鑼鼓喧天一路鬧到墳場。

等待吉時下葬、覆土，白花花陽光灑下，眾人各自尋陰影底立著、蹲著，小孩們或有不耐煩，但很快找到玩伴，偶爾玩過了頭，遭大人低聲制止。

儀式過後，陸續上車，日頭下折騰大半天後得以歇息，都舒了一口氣；很快地車上氣氛熱絡，自報身分、職業，聊旅遊見聞，一陣陣笑聲漸次傳開。本還壓抑著，卻隱忍不住，有了喧譁的態勢。

竟有人唱起歌來。唱的是三天兩頭在電視上聽見的歌曲，一樹桃花千朵紅，朵朵帶笑舞春風；有人加入合唱，桃花伴著春風舞，歡送哥哥去從戎……找到共通語言一般地，興致十分高昂。

幾個小時前還哭哭啼啼的這群人，不像剛參加過一場葬禮，倒像出門遊樂，把握最後相聚時刻作樂一番。

我緊緊握住父親的手臂，睜大眼睛看著這個令人納悶的場面；當時，死亡是生命中最大的恐懼，害怕得連開口問大人那到底是怎麼一回事都不敢。

要過了很多很多年後，如今我才懂得，自傷痛中快速復原的能力，不是上天對死者的殘忍，而是對生者的慈悲。

5 釣魚

一九八〇年代販厝一排排蓋起之前，竹圍仔處處是池塘，假日裡父親找個蔭涼角落拋出釣線，可以消磨一整個午後。傍晚返家，手上提一桶魚交給母親，感覺像打了一場勝仗。儘管母親又因父親鎮日不見影跡而生一肚子悶氣，但接過這桶魚，也就認命地到井邊打水料理。

直到父親當年的年紀我才能體會，或許並非釣魚這件事吸引了父親，而是享受難能可貴的獨處時光。但在那個客廳即工廠，所有時間縫隙都填滿家庭代工的年代，不事生產不啻是個罪惡，母親常為此嘀咕，而與父親起口角。

外婆家院子裡也有一口池塘，和一般池塘不相同的是，它原用來養鴨，所以斜斜滑進地面像個碟子。我與父親並肩，一人一支釣竿，學父親拋竿，學父親一言不發像個大人。不一會兒浮標點頭，一拉，吃力得不得了，父親見狀，急放下釣竿過來幫忙。

咬餌的顯然是條大魚，一會兒往左一會兒往右很刁鑽，父親自己拿釣竿大概就能制伏，但這時他自身後環抱我，大手包著小手使力氣。父親是要我「自己」釣起這條魚。嘴上「用力用力」喊著時，腳步一踉蹌他卻跌倒了，跌倒了而仍喊著，用力，不要放手。

我根本沒打算鬆手，但幾乎土石流般地，止不住往前滑動的步伐，我被拉進了水塘。

還是父親下水去把我救上來的，母親、外婆忙著料理一身濕淋淋的我，而父親雙腳污泥站在一旁，哈哈大笑。直說，別人釣魚，你卻被魚釣走了！哈哈哈。

我瞪著父親，就快哭出來了。

6 信邪

「你以為我是被嚇大的嗎？」電影、電視裡常見劇中人這樣向爭執的對方嗆聲。其實仔細想想，我們還真都是被嚇大的。

早在媽媽肚子，孕婦的禁忌便不勝枚舉，比如不能多吃醬油，否則日後會生出深膚色小孩；又比如不能釘釘子、動刀剪，不只一回聽見竹圍仔的婦人低聲嘁嗾，說是誰家產下五官或肢體有缺陷的嬰孩，肯定是懷孕期間動了刀剪，並以其部位推算犯忌的月分。

語氣裡帶有一種「怎麼可以不信邪呢」的批判。

隨著嬰孩日漸長大，時時觸犯著禁忌，大人跟在後頭「不能這樣、不能那樣」地叮囑——吃飯時不能拿筷子敲碗，乞丐才這麼做；不能將筷子插在白飯上，這是祭拜的模式；不能吃雞爪，食雞爪撕破冊；碗裡不能留飯粒，小心日後婚嫁的對象會是個麻臉的。也不能騎在狗背上，要不，婚嫁當天會下雨。

母親還說，不能跟姓黃的交往，因為母親姓黃。

拿筷子的高低則可以預測未來對象的遠近，拿得越高距離越遠。

萬物有神，也有魔神仔：不能拔腳毛，一支腳毛管三隻鬼；晚上尤其容易招鬼，不能吹口哨、有人叫你不能回頭，不能行經竹林，有竹篙鬼；棄置路邊的紅包不能撿拾，一撿，就會有人跳出來，要你娶鬼新娘。

有些禁忌變成生活習慣——不能搗燕子築在屋簷底的巢，燕子是瑞鳥；不能踩戶檻，戶檻有神，如今若見有人踩人家戶檻，我心中自然冒出「這個人真沒家教」的念頭；蠶的計量單位是「仙」，不能叫「隻」，否則養不活；不能用紅筆寫名字，會招來厄運；參加喪禮不能說再見，上醫院看病也是。

也有一些就顧不得那許多了：屋裡不能張傘，會遭賊偷；衣服不能晾過夜；不能以指頭指月亮，耳朵會被刈去；不能拔白頭髮，拔一根長三根。

……

小時候，大人提出這些禁忌，是無可商量的，若有孩子想追根究柢，多問為什麼，阿公則老套地回他一句「囝仔佷有耳冇嘴」，也就拍板定案了。

7 野台

最初的電影並不是在電影院裡看的，而是野台。作醮酬神搬演的以大戲為主、布袋戲為輔；私人還願常放映電影，大家樂、六合彩盛行時，簽中明牌，一演五天七天，甚至長達半個月的也不少見。

埤仔頭、下旬尾、頂番婆，離竹圍仔步行一刻鐘內可到的所在如有露天電影，幾名平日玩在一起的夥伴便相約著去看。若是冬天，出門前母親會幫忙將外套釦子扣到第一顆；若是夏天，甚至會隨身帶一捲蚊香。

有回不知怎麼地我落了單，獨個兒拎一張小板凳走到鄰村看電影。放映機答答答響著，射出一道光束，光裡有微粒懸浮，風很大，屏幕刷刷刷波動著，喇叭響徹雲霄。因為是演給神明看的，聲音也要放送到天際吧。

銀幕上成龍屌兒啷噹地，一會兒調戲婦女，一會兒吃霸王餐，一會兒又路見不平出拳相助，終於在受了胯下之辱後發憤練功，吃盡苦頭打下根基，好不容易蘇乞兒才準備將絕學醉八仙傳授予他。

我弓著背，手肘支著膝蓋，托腮看得入神。

突然聞到濃濃一股刺鼻酒氣近身，下意識地縮起身體緊緊抱住自己。是附近翻模工廠的傭工，瘦瘦的瘪瘪的，年紀並不很大但一臉皺，他嘿笑兩聲，我往旁挪動，把自己抱得更緊。

當他將手伸向我的褲襠時，當時年幼的我甚至不能確知到底發生了什麼，只覺他的身上好臭，眼神渙散發著奇異的光。

我再無心看電影，端著小板凳返家，進門時母親問我電影不好看嗎怎麼這麼早回來。我說突然想到功課還沒寫完。有種直覺是，剛剛發生了不該開口向旁人，哪怕是自己的母親說的事。母親看我無精打采，要我先去洗澡，明天一大早再叫我起床寫功課。

也許許多小男孩小女孩，都曾遭遇過這類，事發當時不敢、事後終其一生都不願對人提起，但放在心上忘也忘不了的事。

8 領空

天空中飛著的，除了飛鳥，還有飛機。

當半空中傳來轟鳴由遠而近，由低沉而幾近於震耳欲聾，不管手上正忙著家庭代工、寫作業，或看《北海小英雄》，我總興奮異常地奔出屋子，高舉雙手在稻埕上又蹦又跳，仰頭大叫飛機啊飛機帶我去吧快帶我去吧飛機。

帶我去哪裡呢？小人兒我卻從來沒有深思過，只是一次又一次大聲召喚劃過我的領空的飛機。

而飛機不曾為我停留。我眺望遠方，直到遠天飛機雲逐漸渙散了才回屋裡，繼續家庭代工、寫作業，或看小威廖摩鼻翼，不知又將冒出什麼鬼點子。

天空中飛著的，除了飛鳥和飛機，還能有什麼？

一個晴暖的冬日午後，出現一座熱氣球；熱氣球斜斜地越飛越低，眼看著就要墜落。第一個發現的人驚聲尖叫，喚出了第二個、第三個人，終於竹圍仔的男女老少，跑得動的都追著這座熱氣球跑。

數百公尺後，熱氣球重重跌在休耕的田地上，眾人圍攏上去，七手八腳掏出了毛巾、襪子、小國旗，還有人緊緊抱住一台小拿基歐生怕有人搶了去；我站外圍，撿起散落田埂上一疊傳單、幾張蔣總統照片。

身旁一名父執輩遞給我一包營養口糧，摩摩我的頭：憨囝仔，你拿這些廢紙做什麼？

雖說是廢紙，第二天上學，老師主動提起，要求若有人拾獲，一律都得上繳。話說得很嚴峻。至於大家搶著要的物資，反倒未置一詞。

9 狗屎也

一下載Google Earth，和許多人一樣，我首先輸入的是家裡的地址；不過，並非目前租賃的住處，而是度過童年少年，父親母親依舊守著的那個家。

螢幕上地球轉瞬間宛如保齡球由遠而近急速朝我滾來，最終鎖定竹圍仔。

彰化市區南方、鹿港小鎮北方，和美鎮西緣一個小農村，模糊空照圖上，水田、道路和那座我直住到十八歲出門遠行的三合院依稀可辨。

如果自台北搭車南下，出彰化火車站，擇定站前攬客的運將，告訴他這個輸入Google Earth的地址，就算用了衛星導航，也不保證找得到；如果告訴他下句尾竹圍仔，那就有大方向了；在大榮國小附近，範圍又縮小了些。

可是只消說一句「狗屎也對面」，運將多半不會多問，閒閒聊起故鄉事，比如「聽說八卦山大佛要漆成金色，你說這樣好嗎？」之類的話題，東彎西拐地便把我送到一座三合院前，裡頭曾住一個大家族，開枝散葉後陸續搬遷，現在只剩下了不到十口人。

這座三合院隔著廣漠水田，毫無遮攔地與狗屎也遙遙相望。

「狗屎也」作為一個代名詞，既是春生堂中醫診所的諢名，也指坐鎮診所的接骨師。但其實，糊在皮膚上那坨中草藥並不像狗屎，而更接近於牛糞。

鄰近村落一有人有什麼跌打損傷、疔瘡腫痛，便往狗屎也那裡跑。問診、把脈、檢查眼睛、張望舌頭後開出藥方，抓了藥交給病家前，夥計會自抽屜攫一把仙楂糖往塑料袋裡塞。

狗屎也規模不大，又位處偏僻，但接骨技術聲名在外。一個假日午後，幾輛日光下閃著耀眼星芒的黑頭車駛進平常走的是牛車、里啊嘎，布滿石礫的鄉間道路，往狗屎也那邊去。眾人聚到我家大門口前指指點點，很快地有消息靈通者前來報訊，黑頭車裡坐著的，是矮仔財和大箍林琳。

這排場！銀幕上看起來比鄉親還要寒酸還要不起眼的兩人，現實中其實是貨真價實的大明星呢。

偶然想起這段往事，便一心非要看到矮仔財和大箍林琳主演的台語片不可，到常去的唱片行詢問，請問有《王哥柳哥遊台灣》嗎？說的是國語，自己聽著都覺彆扭，改以台語複述一回，嗯，對味多了。

少女店員確認片名後一臉茫然回我「沒有」，正待解釋，她不耐煩地說：「沒有那種東西啦。」這語氣是說，並非店裡沒貨，而是你說的那個什麼影片根本就——不曾存在過。

狗屎也搬離那兒已經有十，不，也許超過二十年了，如今被當成一個地方的代稱遺留了下來；就像「竹圍仔」，大概也標誌了這裡有過竹林四圍，竹林砍去後，只留下了地名。

10 燎豌豆

水稻是竹圍仔主要糧食作物，每年收成兩期，秋收後到翌年春耕之前，有一個季節休耕，但並不任田地荒蕪：如今多半種的是綠肥，用以排擠雜草，春耕時犁掉當肥料；過去則種雜糧，比如可以榨油的油菜與芝麻，最常見的則是豌豆——荷蘭豆可以摘採嫩豆莢，美國豆可以剝取豆仁。

不只一回，直脾氣的五伯父載一麻布袋豌豆到市場又原封載回，還沒人問怎麼回事呢，大嗓門的他已經罵罵咧咧，說中盤商良心讓狗吃掉啦，收購價連買個肥料都不夠。五伯父可還沒把人工算進去。

小孩子們與現實有一層隔膜。

幾次收穫後豆棵逐漸老去，終於再無一點經濟價值，豌豆田呈現棄守狀態，趁著假日午後，一群孩子摧枯拉朽地，將一懷抱一懷抱豆棵蓬蓬鬆鬆地在空地堆成一座小山。劃一根火柴，轟地火燄竄長把天空都燒紅了。

很快地嗶嗶剝剝一陣爆響，遺落在豆棵上的豆莢一支支炸開。一會兒後眼前一片灰燼，小孩們奔向前去踩熄火星，邊喊燙邊彎腰撿拾被燎熟了的豌豆，放手心裡搓搓，搓去土灰與熱氣，便往嘴裡送。脆脆的，焦焦的，略有點兒豆腥味，咀嚼後嘴中湧出一股糧食的香氣。

手上的豌豆，轉眼間成了武器，丟東擲西，你追我逃，有人哀號有人仰天大笑，但旋即攻守易位。一夥人玩得好像燎豌豆專為的是玩而並不是吃。

遠遠地五伯父發現了，大喝一聲，嘴裡死囝仔死囝仔叨念著。

是說可以吃下肚子的都是食物，都不可以浪費，哪怕是從已經荒廢的豌豆田搶收來的。

11 牛糞草

有一種草，不知叫什麼，匐貼著地面蔓延，地下莖飽滿、白皙而幾近於透明。

大陸神州讓萬惡共匪竊據後，十億同胞嚼草根、啃樹皮，過著水深火熱的日子。書上這樣說，也不知是真是假。倒是我們一群野孩子，嘴裡淡出鳥來而掏不出幾毛錢的夏日午後，有時會挖那蟲蛹也似的地下莖，在衣服下襬擦淨後放嘴裡吸吮，有甜味淡淡。

另有一種草，老師叫它牛糞草。是說它像牛糞一樣東一坨西一坨嗎？牛糞草根部扎得又深又牢，用盡力氣拔蘿蔔那樣拔它，往往扯斷莖葉而腳步踉蹌，它的根部卻不受一點傷害。

牛糞草是玩耍好道具，將花穗連梗自基部拔下，作結自縛後與玩伴的互穿，各執一端使力拉扯，誰的花穗斷了誰就輸了。

木麻黃的小枝一節一節，一端凸一端凹像樂高玩具互相嵌合成長條狀。隨手採下兩節，左右手橫拿讓玩伴猜公母。擇定答案後拔開，凸者為公、凹者為母。女同學是不玩這個遊戲的，早熟的幾名男學生則樂此不疲，臉上浮現詭怪的笑容。

木麻黃緊鄰著學校圍牆種在馬路邊沿，總有數十公尺長，放學時一脫離導護老師的視線，我便往裡頭鑽。樹種得密，枝枝葉葉披頭散髮，與圍牆形成一條狹窄、黝暗的甬道，日光透過葉隙在眼前一閃一耀，我真想永遠藏在裡頭。

腦海裡有一張大榮國小母校的樹木地圖，校門口居西，國父銅像四圍有龍柏環繞，北邊高年級教室前種的是菩提樹，南邊低年級教室後方則有一片尤加利，榕樹、鳳凰花樹錯落站在校園裡。

尤加利葉有揮發性辛香氣味，我常揉碎它湊鼻子前聞嗅。乾尤加利葉片上依序用蠟筆塗彩虹的七種顏色，用小火輕輕燎過，蠟油互相滲透形成漸層，像一支七彩羽毛，我拿它做卡片。這是上大學後才發明的玩法。

排水溝裡有時會掏出菩提葉，只留下網狀葉脈，洗淨曬乾後拿來當書籤。

有陣子大家熱中於此，故意將葉片丟水溝裡，竟使得校方必須出面明令禁止。

西北角落上則有一棵老榕樹，斜斜壓在矮牆上。有個下午老師要我為他去買沙琪瑪，他怕我上課時間出入校門太招搖，暗示我攀上樹幹爬到牆外，窄馬路另一頭就有一家柑仔店。

記憶的抽屜裡擺著的，盡是這些瑣瑣細細、無關宏旨的物什。

重返母校，尤加利樹已經不在了；那一長排木麻黃被砍去，我是直到如今每次經過都還覺得可惜；而菩提樹修剪得矮壯如侏儒仍站在原地。

樹木不該砍得這麼快這麼急，這麼不當一回事。

唯有牛糞草，根扎得又深又牢，那是怎麼拔也拔不完的，像日漸增生的白髮，或是記憶。

12 大地

老朴樹都長在墳頭，枝葉間結珠狀種子，外覆綠皮、內藏硬核，是空氣槍的子彈；空氣槍由竹管製成，利用壓縮原理將子彈射出，若射中皮膚，馬上起紅色丘疹，大人見狀，出言制止，小心把人打成甕聲仔。

「甕聲仔」是竹圍仔翻模工廠的工人，鼻子只剩下了個肉疙瘩，講話甕聲甕氣。他說是八二三砲戰時讓阿共仔的砲彈削去的；背著他也有人反駁，什麼八二三？根本是站衛哨打瞌睡誤觸扳機，自己闖的禍。

越是禁止，越是把空氣槍打得爆響，好像跟大人作對也是樂趣一部分。

那個年頭，野孩子的遊戲多半自大自然取材。除了空氣槍，也到田間野地挖一團黏土，揉麵糰那樣揉得富有韌性，捏成碗狀，緣厚底薄，托在手中高高舉起重重摔下，空氣壓力將底部爆出一個洞，玩伴便須拿自己的黏土去補。補土有時壓成薄片，賭大些的，事先約定必須糰成圓球。

玩得髒兮兮，回家免不了要被嘀咕幾句，外婆如若在場，總是笑著解圍，囝仔佷嘛。

不玩了，自大自然取的材料又還給大自然。

不只有玩的，還有吃的。

颱風過後，鄉親湧進戶外，撿拾讓風雨摧殘、平日不易攀折的嫩竹。剝去竹籜，細緻部分可以煮湯、炒肉絲，表皮即將轉綠的曬成筍乾，一樣上得了餐桌。也有蝸牛：風雨過後，非洲蝸牛爬上小徑，人們便一隻隻往提袋裡送，中盤商會騎歐兜麥挨家挨戶論斤收購，聽說送去製成蝸牛罐頭。

誰吃這黏乎乎的東西啊？

哥哥說，法國人當牠是美食呢。那，法國又在哪裡？

外婆住在海邊小鎮，屋前一條小河蜿蜿蜒蜒流入台灣海峽。夏天去到外婆家，抵擋不住戲水的誘惑，急不可待便下水摸蜆。水深及膝，臉盆以繩子繫在腰間，水波盪漾，河床上一顆顆黃黑相間的蜆若隱若現，宛如一枚枚金幣。

摸著摸著，小弟越往上游走，怎麼蹲到水底裡去了？還竊笑著，一副不安好心眼的模樣。身在下游的我和哥哥意識到事情不妙，奔相走避，震得堤岸上黃槿花一朵朵落到水面，載浮載沉往大海流去。

哥哥說，法國在海的那一邊。那麼，也許這朵那朵總有一朵黃槿花漂啊漂地，也會漂到法國去？

外婆有一雙大腳丫。赤腳踩在大地上，東奔西走從沒有歇一口氣的時候。

外婆告訴我們，這是恰查某，連根拔起後曬乾，可以煮青草茶；外婆告訴我們，那是黑點仔，紫黑色的果子甜甜的，你們採來吃看看。說著她伸手去挽下嫩葉，返家後以熱水汆燙去澀，煮蛋花湯。

或是到陰隰的角落挖蚯蚓，輕易便有半只錫鐵罐，外婆拿牠們餵鴨母，說是生下的鴨蛋格外香。

孩子們也挖蚯蚓，當然不為了餵鴨母，我們拿牠來釣田蛤仔。手持釣竿，抖抖抖，抖抖抖，田蛤仔兩隻骨碌碌的眼睛盯著盯著，往上輕輕一躍便咬住了餌——長大後才意識到，這些純真無邪、田園詩般的樂趣其實殘忍無比。「孩子的遊戲多半帶著殘忍的本質，遊戲的殘忍多半帶著孩子的天真」，我不只一回這樣想著。

更殘忍的是，曾經蚯蚓用罄，我們拿田蛤仔的後腿當誘餌釣田蛤仔。現在想起，總為自己的無知而自責。

最後一回探望外婆，舅舅將她自裡屋推到院子。她癱坐輪椅裡，身上插著點滴針頭、鼻胃管、導尿管，我痛得不忍再看第二眼，而她只是木然，任冬日薄陽溫暖了她，自海面吹來飽含腥鹹的寒風更摧殘著她。面對苦難的堅韌與毅力，使得病魔帶不走外婆，卻無止盡地折磨著她。

外婆，母親的母親，大地之母；老天爺啊老天爺，請讓她卸下生命的重軛，赦免她最後的苦役，她來自大地，也請讓她回歸大地的懷抱。——這是我當時所能給外婆的，最深摯的祝福。

13 菜炸

朋友常會與我分享她收到的食品禮物，一接過手我便往嘴裡餵，很少忌口。母親說過，拿來當禮物送人的總是比較好；我嚼著這些美食，雖覺好吃，但也衷心想著，這麼高級的東西讓我這種人吃了，真有點浪費。

編輯台上讀到的，蘇曉康說他的父親教過他，「人的高級能力中，有一種區分差別的能力極為重要；對微妙差別的辨別能力越強，這個人越有能力。」

想來我在鑑別食物的能力上，是有所欠缺的。也許這與我小時候吃的零食不無相關？

小時候的零食大致分為兩類，一類是不健康的，另一類則為圖個粗飽。

童年時的人物希望能再見一面的，有位是每天傍晚騎腳踏車載一竹簍零食停大門口的「流動攤販」，都叫他阿海，帶來晚餐前片刻歡樂時光。

阿海有點兒年紀了，身形削瘦，總是呵呵慢而緩地笑著，自竹簍裡魔術師變出兔子或紙花一般，變出辣橄欖、芒果乾、肉桂片、魷魚絲、梅心糖、糖漬鳳梨心……這些零食放嘴中吸吮，甘甘甜甜，微酸微辣，唇舌變紅變綠，同伴們互相取笑一番。

另一類零食接近於點心，兩頓正餐之間的補充，多半是母親下廚料理後放食櫥或冰箱，可以自己取用。地瓜湯、綠豆湯、芋頭湯、米苔目、仙草、愛玉、麵茶……有時餓得慌，找不到東西吃，連豬油粕也吞下肚裡去，好滿足。

童年時的食物希望能再吃上一口的，有一種是「菜炸」。地瓜或芋頭切片、青木瓜籤、九層塔……掛麵糊下油鍋炸至金黃，撈起瀝油。

好吃嗎？記不太真確了。但記住了母親在廚房忙碌的身影，油鍋滋滋爆響，有一種聲色俱全的富足感、幸福感。

不健康的那些童年的零食，現在已經不願或是說不敢再放進嘴中；圖個粗飽的食物，不在母親身邊吃起來也不對味，但習慣卻保留了下來——說來我的口腹之慾，還停留在飽腹的原始階段啊。

14 颱風天

《中視氣象台》裡，主播馮鵬年比著氣象圖，警告颱風就要來了。

那時候，大地尚未被破壞得像名重症患者，並不颱風一過境便造成上億農損，動輒有人喪生，或者也有，但因沒有媒體煽情報導，所以不太意識到嚴重；反倒地，颱風就要來了，學校停課，家裡進入備戰狀態，小蘿蔔頭們跟著忙進忙出，竟有點兒興奮。

大人急著疏通排水道，將雞舍鴨舍蓋嚴，窗玻璃上貼膠帶，我則把簷廊上一排花草一盆盆抱進屋裡。父親母親手頭上的工作告一段落，邊笑我食飽太閒，邊幫我挪桌子椅子，擺滿一屋子盆栽。

總是很快便停電了，母親點亮蠟燭，忙家庭代工。我翻開素描簿塗鴉。小弟在牆上打手影，一會兒飛鳥一會兒蝴蝶，一會兒小貓喵喵一會兒小狗汪汪。屋外驚天動地，屋子裡全家聚在一起，燭火映照下一片寧馨。

父親自豪他的毛筆字寫得好，大哥說自己的更好，我也不服輸。那來比賽吧！三人分頭研墨、準備毛筆、在桌上鋪舊報紙，約定好一個字後輪流寫。三個字並列報紙上，各說各的好。自覺得遜色的人並不就此作罷，只是說，那再寫一個字吧。

老實說，儘管只有小學畢業的學歷，但父親的字寫得最好，我當兵時他寄信到軍中，唱名發信的班長問我，你爸爸是在做大官嗎怎麼字寫得這麼美？近十年來父親左半邊身體行動不方便，但還能寫字，偶爾接到他自竹圍仔轉來的信件，信封上幾行字仍寫得端正，我看著便感覺安心。

我拿作文比賽的獎狀向父親要獎品，倒讓他自吹自擂起來。父親是要我感謝他的遺傳，讀小學時他的作文一級棒，但有一回老師卻硬說是抄來的，不服氣的他拿粉筆在黑板上即席作文，才爭取到了自己的清白。我聽著，說你氣球吹得這麼大，也不怕吹破了。

颱風天哪裡都去不成，沒有酒伴父親也就不喝酒，他說，出個謎語讓你們猜吧。但翻來覆去卻都是同一個——一陣風，一陣雨，一條芎蕉落入土。

頭一回大家還認真猜著，之後父親就只能接收到嫌棄的表情了。母親沒好氣回他臘薩鬼。三兄弟學舌，臘薩鬼臘薩鬼地叫著。父親一把將小弟摟進懷裡呵癢，掙不脫的小弟歌歌歌地笑著。

15 三個笑話

父親說過幾個笑話。

有人要我說笑話時，儘管書本裡、網路上、朋友間聽來讀來的笑話不知凡幾，但我一個也記不住，只有多年前父親說的笑話還能夠複述。

第一個笑話是，一個窮人家，買得起米就買不起菜，他們的父親便在牆上掛一條鹹魚，規定看一眼鹹魚吃一口飯。大兒子照做了，二兒子也照做了，輪到小兒子，他看一眼鹹魚，又看一眼，才低下頭去扒飯。老二抗議：爸，他……父親安慰兒子說，沒關係，鹹死他。

這個笑話是父親在我們三兄弟抱怨餐桌上換來換去就那幾道菜色時，常說起的。

第二個笑話是，有個阿兵哥晚上睡覺，大腿發癢，便伸手去抓，卻總是無法止癢，繼續抓，納悶怎麼止不住癢？抓著抓著直抓到睡他隔壁的阿兵哥醒來後，發現大腿已被抓破了。

說這個笑話時，我也學父親去抓坐我隔壁的人的大腿。

第三個笑話同樣以「有個阿兵哥晚上睡覺」起頭，他睡到半夜，有了尿意，起床推門出去，站屋簷底朝室外尿尿，但滴滴答答地始終尿不乾淨。就這樣迷迷糊糊直尿到天亮。天亮了他也清醒了，才發現滴滴答答的不是他在尿尿，而是雨水。

這個笑話是在小弟又尿床了的時候，父親老要說的。小弟一聽父親起了個頭，趕忙去遮掩他的嘴巴，遮掩不成，轉而緊緊摀住自己的耳朵。

聽我講這些父親說過的笑話，所有人的反應都很一致，他們說，不好笑！

16 咬齧

要上學了，堂姊領我註冊，一路上她叮嚀，等一下老師叫到你的名字，要大聲喊「有！」，知道嗎？

有！我奮力舉手，問堂姊：像這樣嗎？

教室裡，每名小孩身旁都有一個大人陪伴，老師在台上說話，孩子們在台下說話，鬧哄哄一片。突然，有人拍我肩膀，急切地低聲提醒：喊有啊！我回過神來，大聲喊「有！」，堂姊嘀咕，你是睡著了嗎？

有時我略感到困擾：回憶往事，首先突圍而出的，往往就是這類小小的失誤、小小的錯誤，乃至於受挫受辱的經驗。

九九乘法表怎麼會背不上口呢？同學都放學了的星期三午後，我留在教室補強。

全班朗讀課文時，我把嘴湊近書頁，空氣振動紙張發出嗡嗡聲響，遭老師制止。

學校舉行母姊會，靜靜看著一群家長穿過走廊，內心毫無波瀾，眼淚卻汩汩湧出。老師中斷講課，出言安慰。而我心裡還在否認是因父母都未現身，所以止不住淚水⋯⋯

杜威．德拉伊斯瑪的《記憶的風景》一書，我最感興趣的是副題為「羞辱是用永不褪色的墨水書寫的」那一章。他舉前人研究為例指出，讓人感到面紅耳赤、覺得自我形象公然受辱之類的記憶，經驗實比其他任何類型的記憶更容易被喚醒；我們「最嚴重的罪過」與蒙羞的體驗，具有一種不為人知的作用力，後者有長年保鮮的效力，威力一如當年。

我試著回想我所讀過的作家憶舊文章如托馬斯．特朗斯特羅默的《記憶看見我》，果然幾乎所有人都描述了如何受到老師或同學言語的霸凌、肢體的欺侮，排擠、孤立、嘲弄、諷刺。提筆時距離事發當年也許已經半個世紀過去，但那種臨場感彷彿頰上熱辣辣的巴掌印尚未消褪。

杜威．德拉伊斯瑪引述，「我們之所以清楚銘記這類事件，是因需要前車之鑑來提升自我形象，而我們的記憶也特別擅長儲存這些跟自我形象過不去的事，藉此確保它不會與現實偏離太遠。」

知道了那些咬齧性的小記憶糾纏不休，其實是人性之常，我鬆了一口氣。不過，我更願像大學好友小虎說過的，「我的記性不好，所以都只記快樂的事」。

17 頭蝨

虹影說她小時候長頭蝨，二姊用煤油抹她的頭髮，拿衣服包得密不透風，十來分鐘後以溫水沖洗，「看著浮在臉盆水面比芝麻還小的密密麻麻一層蝨子，我害怕得周身發抖」。

陳雪也長過頭蝨，小學五年級時「被老師安排坐在『蝨子梅花座』，四周都是家裡貧窮，父母忙碌，或單親的孩子」。

可知就在不很久以前，頭蝨並不罕見，且好發於學童身上，莫怪乎有人稱學齡期兒童為「頭蝨磁鐵」。

一九七〇、八〇年代，台灣——尤其鄉下，衛生條件不佳，我的小腿上至今仍有幾個淺淺的指甲蓋大小的痕跡，那是蚊蟲叮咬長瘡，痊癒後留下的終生印記。

學校為了讓孩子們養成衛生習慣，每天要檢查手帕、衛生紙，每周檢查指甲。

我當過排長，我執行過這些檢查。頭蝨也在檢查之列，拿一把長尺切進髮根一路輕輕撥去，若有蝨卵附著於髮根，肉眼即可辨識。

有個早上，一名阿嬤突然出現在教室門口，她壯碩的軀體擋住了光線；令我更加吃驚的是，阿嬤不顧老師正在上課，直接點名找我。我怯怯舉手，站起身來。阿嬤劈頭指責，你為什麼老是找我們阿華麻煩？這才轉過臉去向老師解釋。

原來，除蝨並無法除去髮根上的空卵殼，我就這麼誤會了我的女同學。而她並不抗辯，但跑回家去告狀。

我還記得那位女同學長得高大，聲音略低，甚至還記得她的名字。我想趁著忘記之前將她的名字寫下來，但我不能，因為我們自小學畢業後三十年來沒有連絡過，我不能確定她對我提起的這段她多半已經忘記了的頭蝨往事，是感覺到溫馨還是困窘？

面對旁人的人生，寫作理應退到第二線。

18 小驢兒

每換一位髮型設計師，他們為了表示親切，都會找些話題聊天，毫無例外地，當我開口說上幾句，所有人都會問，你是台灣人嗎？你剛從國外回來吧？有些人就直接編派了我的家鄉：你是香港人吧？新加坡人嗎？

也有過我就順著對方的話捏造自己的身世，本意是開個玩笑，沒料到大家都相信了，回我「難怪」或「我就說嘛」得意自己果然看人很準。有個設計師剪我半年頭髮了，還問我最近有回香港嗎，他想去香港。我也正經八百跟他介紹起景點來。

說來，都是我那一口怪腔怪調的國語，才造成這樣的誤會。

讀小學時，說國語運動風起雲湧，在學校裡如果被「抓」到講台話，每講一句就要罰款若干。現在想來不太能諒解的是，當時整個教育體系都在鼓勵打小報告文化，鼓動暗地裡告密，出賣自己的夥伴。

老師挑中我參加各類國語文競賽，其中最讓我為難的，是說故事、演講、朗讀這類需要口語表達的項目，臨上台了，才非要跑趟廁所不可。

上台有更高標準，但畢竟母語是台語，要我捲起舌頭、嗾起嘴唇說話，有許多未能盡如人意之處。國小五年級時代表學校參加說故事比賽，說的是南郭處士的故事。濫竽充數的南郭處士怕被識破，連夜捲鋪蓋騎著小驢兒逃跑了。「小驢兒」這個詞怎樣都說不好。重點是三個字滑溜如泥鰍一股腦兒脫口而出，而「兒」又像「驢」的一截小尾巴，既是獨立的又是一體的。老師讓我一遍遍練習一遍遍糾正。

那回拿到全縣第三名的成績，前兩名可以晉級省級競賽，老師惋惜，你的小驢兒還是沒說好，要不……我有點自責也有點，竊喜。

印象最深的一回，卻是教孝月對全校師生演講。任務來得太突然，沒能準備好，老師讓我把提要用玉兔原子筆抄在手心底，指導我忘詞時就不經意作個手勢，偷偷瞄一眼。一登上升旗台，俯瞰全校師生站空闊操場上，如何也沒法學老師教的，將一顆顆人頭當一顆顆西瓜看待，開場沒多久便說不下去了，沒有台詞當然也不知怎麼作手勢看小抄，一言不發僵在台上。

校長站不遠處，他也替我著急，終於用耳語的音量說，忘記了就跳過去，沒關係。本是低聲的叮嚀，敏感的麥克風卻把這句話廣播出去，台下一片騷動。

怎麼下台的，完全沒印象了。

莫非有了國小這回忘詞的經驗，每要公開講話我都如臨大敵，事先備妥講稿，有些甚至鉅細靡遺到連轉場的台詞都寫了下來。

出社會後竟常有演講邀約，多年的經驗使我發現，事前的準備固然必要，不過比起空著手上台給自己即席發揮的空間，手上拿著講稿雖自以為更有安全感，但心裡有了依賴，卻反倒常結結巴巴呢。

19 遊行

戒嚴的年代，雙十國慶是個大節日，一大早，我所就讀的大榮國小，中高年級共十二個班級的學生在操場整隊集合，每班派出兩名高個子男生站隊伍前，照慣例本班一定是謝進益、謝文榮兩位身量頎長的男同學橫撐紅色布條，布條上有李珍楚老師寫的書法字剪紙，以大頭針別上，三民主義統一中國、中華民國萬歲……顏體的端整中帶著柳體的溫柔。

升旗典禮結束後，以班級為單位依序出發，繞著學區內源埤里、鎮平里、南甸里遊行。遊行時每個班級都有一人負責帶領喊口號，他喊復興中華文化，全班跟著喊復興中華文化，他喊蔣總統萬歲，全班跟著喊蔣總統萬歲，此起彼落，班級與班級間擦出競爭火藥味，嚇得麻雀都不敢吱聲。

老師要我帶領呼口號，大概並不因為我的聲音特別嘹亮，而只因我是「好學生」。小學校裡好學生「無所不能」，連音樂課都被叫去唱譜但支支吾吾一籌莫展。

那個早晨，我在等待一個好時機，等一個好時機把口號喊得又高又亮，最好連蔣總統也能夠聽見。可是隊伍前後的班級都熱烈呼喊著，我找不到空檔。終於聲音稍歇，是我發揮的時候了，我高聲吼出「莊敬自強，處變不驚」，同學攘臂高舉小國旗，跟著喊「莊敬自強，處變不驚」。

口號震天價響，我正得意著，老師當眾叫了我的名字大概準備鼓勵一番吧？結果我聽到的是：王盛弘，你是要喊給誰聽啊？同學們哈哈大笑，有些調皮的還趁機打鬧一番。我朝馬路兩旁張望，發現隊伍正走過四下全無住家的墳場。

20 唱歌

朋友約唱KTV，我總是拒絕，幾次之後，就再也沒人找我了。其實私底下我也哼哼唱唱，熟悉的旋律裡胡亂編派些模稜兩可的歌詞，真忘詞時，就一直啦啦啦到底。但要我在別人面前開口歌唱，實在提不起勇氣。

會不會是發生在國小時的那件事的後遺症？有時我不免這麼想——

星期三下午自修課，幾個怎樣都靜不下來的同學，不約而同聚集於教室後方，藉口削鉛筆圍一個垃圾桶嘁嘁嚓嚓，風紀股長不動聲色走上講台，將這些同學的名字一一寫在黑板。他們一個個灰著臉回座位去，再沒有人膽敢出聲。

夕陽軟軟薄薄，牆根下煮飯花一朵朵盛開。突然間，副班長叫我，王盛弘，你竟然在自修課唱歌，我要跟老師報告！副班長把話說得斬釘截鐵。被她這一提醒，我才意識到自己在唱歌，心一陣緊縮，大概臉色倏地刷白。我是班長呢，我在課堂上唱歌！

副班長後來有沒有打小報告？如果有，老師怎麼處置？都不記得了。記憶像一刀切下的瑞士捲，只露出一個橫剖面。

日後有機會遇到副班長，可以要她向我道歉嗎？為了她使我把歌唱這件事和羞辱連結在了一起。

不過，把自己人生的缺憾歸罪於旁人是比較容易啦，對解決問題卻一點幫助都沒有。

21 愛的甲骨文

小學五、六年級，班導師是同一位黃姓男老師，長得帥氣挺拔，鼻翼有一顆痣；他擅長寫作，教學生大量成語，是我的文學啟蒙者。

黃老師二十八歲，單身，大概習俗有二十九歲不宜婚嫁的說法，所以他有成家壓力。學校裡只要有單身女老師，學生私底下便要幫他們配對，但並未感受到任何風吹草動；直到來了一位年輕女老師，教的是美勞，個子小、身段窈窕，美麗而嚴厲，小蘿蔔頭們言之鑿鑿地謠傳，黃老師正在追求新來的美勞老師。

一個中午，用過午餐準備午睡，黃老師找我過去，遞來一張隨手對摺的紙條。他比比操場另一頭，說，幫我拿給鍾老師。我快步穿過空闊的夏日操場，將紙條交給鍾老師。一轉身卻望見遠遠地黃老師招手急著要我回去，快跑步到他跟前，他說，快，快去拿回來，是莊老師不是鍾老師。

趕忙折返，鍾老師笑盈盈地將紙條還給我，俏皮地說，不要再傳錯了喔。我偷覷一眼，看見紙條上一行字：「請問『愛』的甲骨文怎麼寫？」這個問題，當然該問單身的莊老師囉。

後來呢黃老師和莊老師？趕在二十九歲來臨之前，很快地他們倆成了一家人，聽說日後還開了一家才藝班，教作文和繪畫呢。

22 五燈獎

都快三十年了，過年過節回竹圍仔，久未謀面的鄉親見到我，仍然一再重提往事：啊，當年你好風光啊，整個竹圍仔的人都擠在電視機前看你上《五燈獎》。說完，拍拍我的肩膀，珍重而厚愛。

好像我的童少時代，不，是我這一輩子至今，只做過這件事讓人留下印象。

那個年代，「台灣錢淹腳目」是頻繁聽到的一句話，外匯存底高居世界第一是政府引以為傲的政績。台視《五燈獎》響應鼓勵儲蓄的政策，舉辦漫畫比賽，國小畢業前我畫了一幅偷偷寄去參賽，暑假時竟接獲通知，要我上節目領獎。這個消息很快轟動了小小的竹圍仔。

帶著鄉親的祝福，堂姊領我上台北。

《五燈獎》是直播節目，曾任國大代表的邱碧治和阮翎主持。漫畫比賽獲獎者坐布景前，一個個唱名站上台前排成一排，逐一頒贈獎狀、獎品。事先彩排，叮囑叫到名字時要面帶微笑，深深一鞠躬。大家都做得不是很好，輪到我時，卻讓主持人誇獎了一番，並要我為大家示範。一時所有人的目光都盯著我，看我一次又一次地鞠躬。

五、四、三、二，當工作人員高舉的手落下時，主持人喊出，一個燈、兩個燈、三個燈、四個燈、五個燈，《五燈獎》！片頭音樂響起，結束時，男女主持人輪番開場：一二三四五燈亮，五度五關獎五萬。你來演我來唱大家都來看，你健康我健康大家都健康！緊接著贈獎，主持人唱名，得獎者捧著自己的作品一一出列。站台上時，我只覺得現場樂隊好吵，眼前燈光好亮，心中有點興奮有點緊張，而腦子裡一片空白。

進廣告後，漫畫得獎人魚貫離場，當我經過邱碧治身旁時，她說，王同學，你事先彩排做得很好啊，怎麼一正式來就傻了？她笑瞇瞇地，沒有責怪的意思。而我只是傻笑，不知怎麼應對。

日後一再驗證了，我的確是臨場反應大打折扣的人，所以私底下的準備要更充分才行。

《五燈獎》漫畫比賽的獎品是一套水彩畫具，和一支張開手掌便可完全包覆扇面的小電風扇；我早已不再畫畫了，但這支小電風扇，經過了三十年，還在用呢。

23 肇事者

後腦杓左上方有個淺淺的凹陷，平日並不感覺它的存在，一旦意識到了，那個地方便隱隱發脹。

那是升國中那年暑假發生的一場車禍的見證。

是個天清氣朗的午前時光，我騎腳踏車前往小鎮，鄉間道路寂無人跡，驀地看見大哥也騎腳踏車反方向迎面而來，他是返校日放學了。接下來，當意識清楚時，人已經在醫院。有腦震盪的跡象喔，白袍醫師說，要住院觀察。

根據大哥的說法，就在我要與他打招呼時，一輛摩托車自身後將我撞倒。因漫畫比賽獲獎而剛在電視亮過相的我，一時儼然竹圍仔的「名人」了，出院後竟日日有人前來探望。其實已經不礙事，但頭上纏著白紗布，看著似乎十分慘重，面對鄉親的關心，我竟至必須更加地開朗活潑來寬慰他們。

一個早晨，一輛私家轎車停大門口，走進稻埕的一對母子，手上拎著水果禮盒。是肇事者和他的母親。家人們客氣應對著，好像讓他們大老遠跑這一趟有多過意不去似的。搞什麼嘛，被撞的人可是我呢。

我的注意力停留在那名肇事者身上，濃眉挺鼻，兩隻眼珠子黑白分明，麥色窄臉頰上泛著紅暈，是名俊美非常的青年——算了，我還是老實招供吧，是向田邦子說的，「沒有比回憶遭到修飾更可惜的事了」；其實，除了臉上略有愧色，青年的五官掩在屋簷陰影底，我根本沒有任何印象了。

後腦杓的凹陷是記憶的引信，一旦點燃，往事如連珠炮般逐一炸開：夏日午前的車禍，醫師宣布腦震盪，竹圍仔鄉親的熱情，最後引爆的是肇事者的身影。

至今我仍常想起這個人。

我看老電影，總是過分關心螢幕上那些童星或少年演員後來的動向，一九四八年《單車失竊記》裡稚子布魯諾、一九七一年《威尼斯之死》裡美少年達秋、一九七九年《克拉瑪對克拉瑪》裡小克拉瑪等人，三十年、四十年，甚至五十、六十年後，現在是案上老貓睥睨一切，或街上老狗垂頭喪氣？還是如我一般，綿羊群裡的一隻，分不清誰是誰？

Where have all the flowers gone?

在三十年前那場車禍的老電影裡，也有一名少年和一名青年，那名少年我自然不能不知道如今他成了個什麼模樣，至於青年，現在應該也不過就是半百的年紀吧。他何去何從，變成什麼樣的人了呢？

24 給愛麗絲

餐廳播放著輕音樂；輕音樂就像牆上的壁紙，雖然塑造了環境基調，但很快就讓人忽視它的存在。

突然地我的心頭有一根弦被撥動，空氣中流蕩的鋼琴小品我認得——

升上國中後，與L結為好友，幾度放學後他邀我去他家作客。他的家位於小鎮郊區，半路上他在排水溝旁駐足，自書包取出飯盒，將剩餘大半的米飯菜肴全傾進水溝裡。我看著驚訝，他聳聳肩，似乎別無選擇的模樣告訴我，免得回家又要被罵浪費了。

那個家有耶和華牧羊的畫片、寫著「以馬內利」的立牌，有馬桶，馬桶蓋上罩著毛茸茸豹紋布套，還有一架鋼琴。黃昏的暈濛光線自窗外襲來，為這個家屋罩上夢的質地。L讓我見識了迥異於我的小農村生活經驗的家居樣貌。

我家牆上掛著的是農民曆，有鳳飛飛、林慧萍笑靨的月曆；蹲的是掏糞式廁所；最大的「家具」是為雨傘代工釘製的簡陋木架油膩膩髒兮兮；三天兩頭要上屋頂調整天線才有電視看，還是黑白的；掉落地面的飯粒，小黃狗早等在一旁，舌頭一捲吃下肚裡去。

學校裡，雖說必要但讓人心不甘情不願的，有一件事是午睡。匆匆嚥下午飯，腆著個肚子，鐘聲一響便要趴課桌上睡覺，不能東張西望不能竊竊私語，戴紅臂章的糾察隊一趟趟巡視，誰違規了遭記名扣分，在班際風紀競賽中落了後，將受全班的敵視。

L有時會找藉口規避午睡，他說我們一起去做壁報吧。我一向是個乖乖牌，怯怯不敢答應，L拍拍胸脯一副很有辦法的氣概，說他已經事先為我登記申請了。

隨他來到遠遠的位於操場一隅的音樂教室。壁報呢？他說不急，卻坐鋼琴前，掀開琴蓋，屏息，雙手隨即在琴鍵上舞動。琴聲輕快，一聲聲彷彿晨曦在草尖露水間跳躍，又宛如水面上銀光閃閃爍爍，隨著漣漪一波波盪漾開來。

一曲彈罷，他說，這是理查．克萊德門成名作〈水邊的阿蒂麗娜〉。還要不要？我點點頭。這一回是〈給愛麗絲〉。

兩個曲名都記得清楚，多年後卻無法給響在腦海裡的片段旋律正確的名稱。直到在餐廳聽到熟悉的音樂，上唱片行找CD，發現〈水邊的阿蒂麗娜〉原名〈給愛德琳的詩〉。一時不免感到困惑，看來我是記錯了〈給愛德琳的詩〉為〈給愛麗絲〉？記憶的毛線球全亂成一團了，其實前前後後我所聽到的，只有同一首曲子？

這麼說來，自以為殆無可疑的這些那些記憶，很可能也是無性增生、繁殖的結果。記憶有了自己的生命、自己的意志。

正疑惑著，讀到作家朋友的文章裡，說她在電子工廠當女工時，深夜失眠，「拿著一把借來的吉他，我到宿舍屋頂平台彈〈給愛麗絲〉」。心中一震，隨即撥了電話，朋友在電話彼端自嘲是音癡，「但我還會哼〈給愛麗絲〉喔」。才幾個音符便把我遺落的拼圖補上了。

我有點激動，不只為了〈給愛麗絲〉並非〈給愛德琳的詩〉的錯置，更因為，記憶也並不是那麼不可靠。

重新回到最初——直到升上國二能力分班前，午休時我們常找藉口躲到音樂教室。L坐鋼琴前，我凝視著他的側臉，唇上有軟毛青青初萌。當他轉頭看我時，我們交換了一個微笑。

我一向是個乖乖牌，但是美誘使人犯錯，心甘情願地。

25 填空

有一座村莊，村民只說謊話；另一座村莊，村民只說實話。一日，十字路口遇見一個人，你只要問他一個問題，就知道他是謊話村或實話村的村民。請問你應該問他一個什麼樣的問題？

這是荷索《賈斯伯・荷西之謎》裡，教授提出的問題，想考考荷西的邏輯思考能力。

看著電影，眼前驀然閃現了中學數學考試的一個填空題：兩點之間＿＿、

——一條直線。

荷西支支吾吾正感為難時，教授指出，只要利用雙重否定的手法，便能使謊話村的居民說出實話。教授並揭露了唯一的答案。不過，透過翻譯字幕，我對這個唯一的答案的困惑並不下於賈斯伯．荷西。

荷西則提出了他的答案，他將問來人：你是不是一隻樹蛙？

我的數學考題簡單許多：兩點之間「至多」、「至少」一條直線。這是出自參考書的題目，可是我偷懶沒預習，而寫下「僅僅」、「只有」。鄰座同學交換批改考卷，被扣分了我也沒打算爭取。

教授堅決不接受荷西的答案，斬釘截鐵告訴他，不，這個問題不合體統。荷索是我鍾愛的導演，他的批判力道宛如利斧劈開腐木。

幸運的是，我的數學老師檢查試卷，大筆一勾，重新給了我分數。

26 刻度

按身高排座次，從小我都坐前三列。總是仰頭看老師講話、寫板書，一堂課下來，脖子都痠了。

國小畢業時我一四九公分。

國中畢業時我一五九公分。

並非記憶過人，而是牆上有確鑿的證據。

客廳通往廚房的門牆上，黑色蠟筆、簽字筆畫下一道道刻痕，刻痕旁寫上身高、日期與名字，錯錯落落，像植物莖幹上的瘢痕，每往上抽長一吋便遺下一個紀錄。這是每逢年關，三兄弟留下的成長痕跡。屋子年年粉刷，但這些筆跡卻都保留了下來，沒人去動它。

新的一代逐漸報到，年節團聚時姪子姪女也都興致勃勃，背靠著牆量身高；不過，比起他們的父叔，猛一看會以為他們落後不少。原來自從父親生病後，為了起居方便，門檻都被鏟去，立基點已經大幅下降了。

27 壞人壞事代表

國中時，因為打算申辦身分證而去驗血，看著血型報告書我滿腹疑惑，為了壯大心中的猶疑因此更直截了當發問：請問醫師，如果父母都是O型，可能生出B型的小孩嗎？

醫師回答：不太可能。說是不太可能，但我感覺到的是，那謹慎的怕戳破了什麼的語氣，意思其實是絕無可能。

騎腳踏車自小鎮奔回竹圍仔，不敢開口問人，趕忙找出戶口名簿。父親，O型；母親，我舒了一口氣，母親和我一樣，我們都是B型。難怪，當時我終於找到理由似地想著，難怪我總與母親同一國。

這些年寫作文章，常會提到身邊人物，不管親人或情人，下筆時我多帶著一份溫柔，唯獨面對我自己和父親，不太留情面。

寫自己不管再如何自以為不留情面，詮釋權都掌握在自己手中，說到底皆出於絕對主觀，若有什麼後遺症也是自作自受。父親不同，也許我是塑造了他，而非寫真了他。

父親是我筆下的壞人壞事代表，只透過我的文字認識他的人，大概都斷定他是社會與家庭的雙重失敗者吧。

我們聽見外邊流傳的閒言閒語，總是忍不住辯解——「事情不是你想的那樣。」「其實我心裡的想法是……」「你記錯了，當時的狀況是……」「你誤會我了。」……但父親從沒抗辯過，也因此我書寫時更加毫無顧忌。

是因父親沒看過那些我寫他的篇章吧？

十多年前我得過一個故鄉政府機關舉辦的文學獎，唯一的一回父親陪我出席贈獎典禮。會後有個茶會，我急切地想與寫作同儕說說話，匆匆將父親撇下。十餘年過去了，每當腦海閃現那個急於擺脫父親的我自己，我便感到心虛，後悔不已，企圖將念頭很快轉移開去。

父親獨自離去時，手上抱著的除了獎牌獎狀，還有一冊得獎作品集；在我的得獎作品裡，父親是個耽溺於酒精，讓妻兒活在家暴陰影底的不得志男人。那本書一度長期擺在父親的床頭，沾有幾枚漫漶的指紋。

我確信父親讀過了，但他沒有作聲。

也許，放手、放任，是父親對我的寫作、我的人生的支持，哪怕我曾不與他同一國。

28 存摺

曾在好萊塢電影看到過，雨夜中撐開一把傘，卻是壞的，劇中人啐一聲Made in Taiwan。黑暗裡我並不生氣，倒感覺了親切與莞爾。

自懂事起，家裡就呼應著副總統謝東閔所提倡的「客廳即工廠」，為填補經濟黑洞而勞作。做得最久的是雨傘代工，這是故鄉在中小企業大舉移植中國前，兩項遠近馳名的「地方名產」之一。另一項是紡織業，素有「和美織仔」的美譽。

升國中那年暑假，終於在堂姊帶領下到隔壁村子打工。記不清楚做些什麼了，沒忘記的是一屋子黏著劑揮發的氣味，幾名童工坐小板凳上沉默忙碌著，拿基歐傳來低沉嗓音唱著，妳曾經對我說，妳永遠愛著我；愛情這東西我明白，但永遠是什麼……那時候，不要說不懂得永遠是什麼，即連愛情都是八竿子打不著的秦漢與林青霞他們兩個人的事。

工錢是每天結算的，幾日之後我將一把零錢換成幾張綠色百元紙鈔，上印鋪刻一顆木頭章，到郵局開了一個戶頭。

自己的存摺呢！感覺像個大人了。我躺大通鋪上翻看，碰巧父親返家，又帶著一身酒氣。父親索要了我的存摺，看了一看，語帶嘲笑地說，哼，才一百塊。對於一向出手大方的父親而言，這一百元算得了什麼，但這是我自己掙來的一百元。一時賭氣回嘴：你連自己的戶頭都沒有！卻因此激怒了父親，他竟動手撕存摺，我急伸出手去搶救。

一番爭執後，父親癱在通鋪上呼呼大睡，我也累得闔上了眼皮。醒來時發現父親的手就搭我身上。不知情的人看了，還以為這雙父子感情甚篤呢。

存摺並未被撕破，只留下壓也壓不平的痕跡。

或許父親也沒當真要撕掉它吧。

不久前一本時尚雜誌說要對我做個專訪，主題是生活美學。上台北將近二十五年，外表大概就是個都市人了，但自知內心底始終是個庄腳囝仔，談生活美學這種好時髦的話題，自己都感覺有點矯情。不過，還是請記者先列題綱給我。記者用心出了幾道題，其中有「您覺得這三十年來，台灣失去了什麼？」，看到這個提問，首先我想到的，竟是那本傷痕累累的存摺。

有些我少小時候常聽見、看見的字眼，是現在不太有人提及的，就不說「保密防諜，人人有責」這類具有特定時空背景的口號，即連「請，謝謝，對不起」也不再是應對進退主流價值了；中年以後格外有感觸的，則是「白手起家」。

「白手起家」是一個出身寒微的庄腳囝仔多少希望所寄，好像濕冷陰暗的冗長隧道裡，光線微微等在遙遠的盡頭。可是，當我以第一本存摺為基石，自那個堆滿傘骨的起居室、瀰漫刺鼻氣味的房間出發，像隻指甲蓋大小的蝸牛，歷經三十年終於爬到當年所仰望的位置，以為這裡應許了一個白手起家的夢想，才發現這個時代所回應給我這一輩的，是M型社會的逐漸成型，中產階級的殞落。

給下一輩的，將是更大的崩壞。

父親並非不切實際的人，當左鄰右舍瘋迷大家樂、六合彩時，父親從來不玩，他說，有那些錢，去吃頓好的還比較實在。可是他花用慷慨就如母親抱怨的，「錢放口袋會咬人嗎」，這樣的父親在外人面前是個討人喜歡的男人，對他的家人而言，尤其維持家計的母親，卻不能不說是個負擔。

父親曾在外地闖蕩，闖不出名堂後回到竹圍仔，在電鍍工廠工作，讓酸液腐蝕得大腿上坑坑洞洞，輾轉幾個工廠裡幹勞力活，老闆都是他的晚輩。每月一只牛皮紙薪水袋上扣除借支所剩無幾，東拼西湊，日子過得像補丁。

只有小學畢業學歷的父親，能寫一手好字，書架上我看的書他也讀得好有興致。這樣的父親，抹油頭、穿西裝，皮鞋擦得晶亮，真是個體面的男人。他肯定也對白手起家有過想像，經濟起飛的年代，竹圍仔許多人都富了起來，小時候的玩伴如今有自己起大厝的、有開了工廠的，父親不可能不想像有天也給家人更好的生活，但他連開學前三個孩子的註冊費都付不出來。生活的重擔宛如土石流，絕無清空的一日。他就像踩在流砂之上，不斷往上攀爬，腳底下的砂卻不斷流失，使他幾乎遭到滅頂。

終致耽溺於酒精無法自拔。

喝醉酒的父親令人生悶氣，而半夜裡起身捧一碗熱開水蹲門檻上，邊輕吹著熱氣邊啜飲的父親，那呼呼吹氣聲在黑暗中鼓脹著落寞寂寥，令人不忍聞見。

當我說出「你連自己的戶頭都沒有」時，父親生氣了。也許是氣自己的權威受到挑戰；更可能的是，他氣自己的無法辯駁，他的確是連自己的戶頭都沒有。所以他生氣了，生氣以掩飾更複雜的，無可能解釋給一個十二歲男孩聽的幽微情緒。

這些，都是經過了三十年，當我來到父親當年的年紀，才自以為懂得的。

29 料理一顆蛋

每天都會吃一顆蛋。

向田邦子說，「以前的女人，端看她如何料理『一顆蛋』，以此顯出她的本事。」在我成長的年代，已經脫離「一顆蛋兩人吃」的窘境，唯物資仍然貧乏；貧乏的日子裡，蛋是容易取得的食材，每天早上雞舍裡就可掏出幾枚，母親拿它們豐富餐桌。

在販厝幹勞力活的母親一下工，趕忙回家料理晚餐，蛋真是「職業婦女」好幫手，光煎蛋口味便可像 Rap 一樣念下去：太陽蛋荷包蛋蔥花蛋菜脯蛋九層塔蛋……上桌時冒著騰騰熱氣，為晚餐暖場。

有段時期常見蒸蛋。飯碗裡打下一顆蛋，淋醬油少許拌勻，放電鍋裡蒸。蒸蛋口感絲滑，習慣粗食的舌頭感覺受寵了。

需要多耗時間的料理，母親則留待清晨張羅，用睡眠時間交換。

但中學時趕著上課，無暇好好吃早餐，母親蒸幾片吐司，加蛋黃沖一杯牛奶等著，穿好制服、理好書包，坐上餐桌時牛奶表面已經結了一層淡黃色薄膜，以調羹撥開，熱氣竄出。青春期伊始，脾氣變得彆扭，邊嘀咕怎麼這麼燙啊，邊咕嘟咕嘟喝下肚裡去。

有一陣子，母親不知哪兒聽來的吃法，鼎沸的一鍋粥，自鍋心舀出糜湯代替牛奶，滋味濃稠，據說十分滋養。當時從沒放心上，現在才意識到的是，沒沖進牛奶或糜湯的蛋清哪兒去了？母親是不可能浪費的，那到底哪裡去了呢？

記憶裡被獨立出來的，倒不是這些雞蛋，而是水煮鴨蛋。

幼時有流鼻血痼疾，上高中前沒一日倖免。四處看醫生都沒能改善，也試過許多偏方，其中最難下嚥的非韭菜根搗汁莫屬。也不對，韭菜根搗汁雖讓人邊喝邊嘔，但最難下嚥的，還數母親憂悒的神色。

最樂於嘗試的則是水煮鴨蛋，放水缸底若干天後撈起，去殼，沾鹽巴連吃一月有餘。鼻血後來也就不流了，不知為了什麼原因，但我是不相信水缸裡的水煮鴨蛋發揮了效用。

感覺是會騙人的，只有透過務實檢視才能釐清真相：我一直有個朦朦朧朧的感覺，那就是母親並不擅長做菜，但仔細回想她料理一顆蛋的本事，多半我是苛求了。

30 紫兔

每個人都曾以「我的志願」為題寫過作文吧。

你的志願是什麼？實現了嗎？

我很早就立定志願了，我想當老師和畫家。為什麼是老師和畫家？事隔多年後再強作解人找個理由，多半已非真正初衷，就不多說了。但我記得，升上國中後，「老師」已不在志願的選項；如今必須以老師的角色站上講台時，我總是心虛得很。

倒是畫家，直到高三面臨升學考，要以美術相關科系為目標嗎？我終於承認了自己於繪畫上缺乏創造力而黯然放棄。

如何沒有創造力？記得初進小學，家裡養了兔子，我和鄰居玩伴拿彩色筆寫生，完成後有大人看見，他以「這是誰幫你畫的？」反話誇我臨得逼真。我有點得意，竟至指導起同伴，兔子不是紫色的，你怎麼畫了隻紫色的兔子？

成年後我才反省到，為什麼兔子不能是紫色的？尤其看到每年升學大考後補習班名師在報端發表的作文範本，八股、教條，更常讓我想起那隻飽含個性的紫色兔子。

但我真喜歡畫畫，尤其草木，樹林、竹林、青草地、油菜花田……一盒水彩顏料，綠色黃色總是最早用罄；參加寫生比賽，老師事先叮嚀，你要多畫樹，你的樹畫得很好。

這些年信口說過許多願望，幾乎都是以想要成為某種人來表達對他們的羨慕或敬意，我想成為舞者、想成為拳擊手，想當太空人、想當電影導演，想做花匠想做流浪漢……只有母親不管聽我又有什麼突發奇想，總是笑吟吟地說好，好，好。

好多好多的願望，唯獨「寫字的人」堅持了下來。想想，一件事做了幾十年，不僅不感到厭膩，而仍興致勃勃，也真幸福的了。前不久我與白先勇老師閒聊，天真地說，也許我這樣寫著寫著，有一天就變成作家了。白老師像敕封頭銜那般地大方賜予，你現在就是了啊！當時我的臉熱熱的，想必都紅了。

有一天——我還有一個志願——有一天我要過著晴耕雨讀的日子，以大地為畫布，畫我最愛的草木。

31 送行

五伯母是我第一個想記下的，童年的人物。

在各個不同階段我都曾書寫過五伯母，但全頹然作廢。也許與被書寫者隔著適當情感距離，才比較容易下筆吧？

當我動念以一系列短文收納零碎的童年記憶時，又想起了五伯母，卻仍舊只留下斷簡殘篇。

有一則這樣起了個頭：「關於五伯母的記憶溫暖而感傷，在不同年紀我不只一回書寫過她，不知怎麼地，每回都以哽咽作結。我自認為對五伯母的情感濃烈，但漸漸地只剩下了『感覺』而失去『細節』，畢竟五伯母過世時，我不過八、九歲。」因為嫌筆調過於sentimental而作罷。

記憶的篩漏篩走的並不必然是枝微末節，我記住了一個場面：「有個夏天，五伯母帶我和堂妹搭車，大概是要回她的後頭厝吧。坐過頭了，司機讓我們中途落車。走在長長的縣境交界的水泥大橋，日光白花花地，所有物事都曝光過度。一個女人兩個小孩，無助而荒涼。」

還重寫了再三提起的，五伯母的「雞母狗仔」：「農曆年前做鼠麴粿，五伯母留一小塊麵糰，揉揉捏捏，做母雞抱蛋、母豬帶小豬，都圓墩墩的好可愛，放進灶膛灰燼裡煨，熟透了再拿火鉗掏出，雞啊豬啊黑乎乎一團，掰開來，黏軟宛如麻糬，孩子們爭著搶著鬧成一片。」這是童年最歡快的記憶之一了。

「當我懂事，五伯母已經長期生著病，脖子大如囊袋，皮膚蠟黃、浮腫，一壓便形成一個凹陷久久無法恢復。我陪著她，為她盛粥，一碗白粥吃完還剩半片醬蔭瓜。盛第二碗時，我先將醬瓜放小碟子裡，盛妥了再覆於粥上。端著這碗粥到病榻前，五伯母誇我真是懂事。」這不是炫耀自己乖巧嗎？也不妥。

然而這是我對五伯母的少數記憶之一，要我割捨，捨不得。

換個角度下筆吧，當我寫下「五伯母的死是我目擊的第一樁死亡」時，隨即收手，我想寫的是五伯母，而非死亡。

如果沒記錯——記憶常會騙人——那天我陪在五伯母身邊，她剛經過一場激烈的爭執，對方揚言要北上不再回竹圍仔，隨即離去。五伯母的五官驟然變得猙獰，她喘著氣要我趕快去找大人。當時三合院空落落的只剩下了我們倆，我神色慌亂，奔去向住在鄰近的叔伯求援。

客廳神佛與祖宗牌位都以帆布嚴密遮蓋，五伯母安置在清空了的客廳的紅毛土上，身下有一張薄蓆。眾人圍繞著她。當她過世時，我躲回裡屋掉眼淚。這是我第一回面對死亡。日後知道了成長就是不斷地不斷地與所愛告別，但從來不曾如此強烈過。

學校裡勞作課，用保麗龍、竹籤與厚紙片做了一隻小帆船，喪儀上我將小船焚給了五伯母，送她遠行。

只剩這些了，我對五伯母的記憶只剩下這些了。

班雅明說：「就像母親將新生嬰兒抱入懷中，而不把小寶寶吵醒，生活在很長一段時間裡也是這樣愛護著那些尚顯嬌柔的童年記憶。」然而當我試著記錄下備受呵護的關於五伯母，乃至於童年記憶時，奇異地，彷彿塵封千百年的墓穴開啟，色彩妍麗的陪葬品接觸了光接觸了空氣，迅速質變，我凝視著逐一寫下的文字，感覺到被寫下的種種逐一離我遠去，不再屬於我。

我迷惑了，甚至自問，是虛構的嗎？是虛構的吧？

也許，書寫童年不是對童年的召喚，而是告別，珍愛地做最後一回的摩挲，然後送它們遠行。

廁所的故事

參觀倚松庵時，特別留意了它的廁所。

倚松庵是谷崎潤一郎舊居，位於神戶近郊，鄰川而立；一九二三年關東大地震後，谷崎遷居大阪、神戶，二十一年間搬家共十三回，在這裡租住了七年，完成《細雪》等名作；倚松的「松」字並不指大門前看來還小的迎客松，而是取自第三任妻子森田松子之名。

我因常在晨光中一頁一頁翻過《陰翳禮讚》，有機會到神戶走逛時，便興起上倚松庵探看的強烈念頭；旅行也就是這樣吧，雖說滿心期待的，是未曾預料到的新世界在眼前開展，更頻繁的卻是印證與求證，使長久以來在腦海搬演的聯翩浮想有一個落實的舞台，四國的森林之於大江健三郎，京都有溝口健二的殘影，至於谷崎潤一郎，要凝縮到他的屋宅，因為《陰翳禮讚》。

《陰翳禮讚》從營造一幢純日式住宅的種種考究談起，如何在保留現代文明的同時，追求日本傳統之美，真令谷崎氏大費周章，比如他在紙窗外又安裝了玻璃窗以顧及透光與安全，卻發現自裡看已無紙窗蓬鬆感，從外頭張望則只是普通玻璃窗，而慨歎不如只用玻璃窗……最令他頭痛的，是廁所。

現下倚松庵的廁所採蹲式沖水馬桶，釉白冰亮的水箱、便器、洗手槽，水管泛著金屬銀輝，一扇方窗自高處濾進溫柔天光，為這一方現代化小宇宙籠罩上古典的餘暉。谷崎對廁所卻另有一番想像：他鍾情木製品，當時間的滴答喚醒木頭紋路，別具安撫精神的功效；木製小便斗最好再填上蒼翠杉葉，不僅富含視覺美，也可消音。這樣的理想，是連奈良、京都古寺院的廁所都無法臻達的，不過谷崎屬意的風情倒仍可捕捉一二。

比如東大寺二月堂的廁所，有「某種程度的昏暗與徹底的清潔，加上連蚊子的嗡鳴都聽得到的靜寂」，朝顏爬上毛玻璃小窗，氤氳的綠葉、朦朧的紫花在風中微微晃動，細雨絲絲輕響，雨水一滴兩滴自瓦簷落下，答，答，空氣瀏出一圈圈漣漪。可惜我既乏詩心，也缺慧根，否則這樣的空間應該很適於冥思。

或是大德寺高桐院，廁所位於楓之庭邊角，步下本堂，經過渡廊，往低處走數階，幾株楓樹兀自紅著，萬竿綠竹逕自綠著，正是「建在離主屋有一段距離之處，四周綠蔭森幽」的廁所。讓我訝異的是，該廁所一點氣味都無，我著意多看了幾眼，除了通風良好、勤於打掃之外，每個角落都放置竹炭（不織布包裝上印著「竹林浴」）可以吸濕除臭。但了無一點味道的廁所一時竟讓我略顯狐疑而遲疑；廁所還是有淡淡廁所的味道比較令人習慣、安心，就像人要有人的氣味，否則不成了徐四金筆下葛奴乙。

谷崎潤一郎耽美，不憚其煩地陳述他對官能美與古典美的迷戀，但他不專注於約定俗成的美，而能夠著眼於屎尿，提出指導原則，將污穢之事也收攏於美的範疇，讓生活整體都臣服於美，是這樣的別具隻眼，使他說出：「日式建築之中，最可以歌賦風流的，非廁所莫屬。」

離開倚松庵後，我與偕遊的夥伴走在住吉川畔，他說：「剛剛本來想上個廁所的；」為什麼不？他回答：「一看太乾淨了，便意全消。」我故意酸他：「可別弄髒了大文豪的廁所。」倒也不是無的放矢。退伍後第一回與旁人這樣靠近生活了幾日，行前預想種種可能發生的齟齬，哪裡知道，出恭之事竟潤滑了這幾日的相處。

第一天回旅店後，夥伴說要上廁所，我還嘀咕著又不是小學生怎麼連上個廁所都要報備，很快地門後傳來沖水聲。我到日本都住這家連鎖旅店，知道這是「音姬」設備。緊接著卻有巨響令人錯愕，斷斷續續但沒有中止的態勢，我急找電視遙控器卻越在這種時候越是手忙腳亂遍尋不到。那真是令人難堪兼且難熬的一刻鐘有餘！下一回他知道要先讓我打開電視再隱入門後了，我則將音量越調越響……

事後他說：「音姬果然是有必要的。」我回他：「光是模擬沖水聲哪裡夠用？最好可以點播。」兩人遂煞有介事討論了起來（連屎尿之事都能暢談，才是可以一同上路的人吧？），以海浪當背景的〈卡農〉情境音樂如何？且慢，這種時候不必故作優雅，著眼的還是實用，既然人在日本，就點名沖繩出身六位少年組成的「橘子新樂園」莽莽撞撞又振奮人心地呼叫：如今關鍵在握，你的眼神已沒有迷惘，那就前進吧！／遲鈍的蠢樣仍然有光彩，你一點也不遜，／因為你的單打獨鬥、刻苦耐勞，／和流淚，我們都知道，沒有人會取笑……

一曲唱罷而音訊尚杳，那再點播一首吧。兩名永遠處於變聲期、青春洋溢的「柚子」，聽他們扯著喉嚨喊：「原本不是什麼值得頭痛的事情，／成了一頭栽進迷宮的大問題，／只要用一點幽默幽默幽默，／我們其實可以一笑置之……」生命中總有甚至連舒伯特都無言以對的時刻，這時候就服一錠幽默感吧。

幾日相處，當我們的戰士又為出恭而採焦土策略時，我已經可以悠哉地飲朝日啤酒，看日本天皇即位二十周年、酒井法子遭判刑一年半的電視新聞了；但，拿在手中又放下的一顆當令鮮甜青森蘋果仍遲遲無法啃下第一口。大德寺大仙院是枯山水名所，有「便所規定」四條，第四條說廁所是「慎獨最適的道場」，遇上這種情況，對廁所外的人來說，也能作如是解吧。

大仙院便所規定第一條，則是「清潔第一」。乾淨的廁所維護不易，卻不容易被記住；不乾淨的廁所反倒常在腦海反芻。

童少時候鄉下老家的廁所也稱不上乾淨。蹲式便器是深赭如醬漬的粗陶，長久以來裂開一個缺口，小燈泡在頭頂發出吱吱低響，蜘蛛結網，壁虎睜著虎眈眈雙眼埋伏梁上；夏天時尿臊便臭盈鼻，蹲個廁所發一身大汗；糞坑裡有蛆蠕動，有時就爬上地面，直爬過長長甬道，爬進稻埕，肥臑身軀讓洋灰地燙得直翻滾，剛離窩的雞雛閑步經過，一啄，就進了牠的肚子裡。

大家族共用的那個窄仄僅能容一人旋身的幽暗空間並不與主屋相通，上個廁所須穿越一座稻埕，雨天已屬不便，冬夜裡更讓人強忍住尿意也不願下床。一回父親喝醉了返家，隱忍不下的母親落了門又遲開門，遭父親不禮貌對待，我忿忿不平睡不著覺，半夜裡起床小解，卻發現從父母臥室一路到廁所的燈泡都亮著，微弱但明確，應是母親怕踉踉蹌蹌的父親要上廁所而為他拈亮的。

學齡前，有一次我在母親用過後不久上廁所，發現昏暝如夜的坑洞裡似有沾著血水衛生紙。母親生病了嗎？我急跑到廁所後方，費了好大的勁才翻開一口倒扣在掏糞口的大鼎，凝視，確認了衛生紙上沾的是血，心中升起無名恐懼。媽媽要死掉了嗎？該怎麼辦？不敢開口問，害怕得顫抖。

關於廁所的故事，也想起了爺爺。一般，每張衛生紙都可再分離成薄薄兩張，爺爺總將兩張衛生紙撕開成四張，每次使用三張，他說：這樣剛剛好，以前啊……以前啊以前，說來又是一個好長的故事了。

掏糞這差事都是爺爺在做的，總在日頭偏西把樹和牆拉出長長影子時，爺爺在他瘠瘦肩頭架一支挺秀氣卻韌性十足的扁擔，挑兩桶糞水去菜圃澆灌。遠遠看去菜圃有許多白色細碎衛生紙黏附，但也沒人說這樣不衛生，青菜瓜果上桌更是食得有滋有味。

又勤又儉的爺爺至死沒食過一口閒飯。晚年，兒子們分家後，爺爺與我父親同住，他每固定日子輪流到散居村子幾個兒子家中吃飯，不管輪到哪一家，母親永遠在餐桌上置備爺爺咬得動的菜肴，因為曾經爺爺用餐時段出了門很快又回來。爺爺什麼都沒說，母親也什麼都沒問，只是急著再下一次廚。爺爺臨終時，父親痛哭，罵了聲「幹」，不知是說哪位叔伯也不為歐多桑準備細軟食物。在那個許多男人習慣以三字經當口頭禪的竹圍仔，這是我這輩子唯一聽過父親罵的髒話。

鄉下童年有種種的好，老家往事有種種的令人留戀，那座廁所就算現在想來也覺得挺有詩意，但我再不願去蹲上一回了，畢竟上個廁所是肉搏戰，不能聽憑腦中嗎啡恣意發酵。

進城後，發現城市裡的公共廁所設備穎新，看起來有時比家裡的還乾淨。阿盛老師寫〈廁所的故事〉已是三十年前往事，如今台灣連偏遠鄉下都很少不用抽水馬桶了吧，要像文中所說，高中應屆畢業生看到抽水馬桶而好奇地一個一個排隊去上上看，三、四天裡坐壞三個馬桶護圈，是不會再有的了；不過，幾年前初次住進日本那家連鎖旅店，我對它的馬桶還是端詳老半天：一坐上馬桶便先有模擬沖水聲的「音姬」設備，護圈更溫溫的好像冬夜裡上床有人先暖過被子，它的洗淨設施還有不同角度可以調整，「嘖嘖，真不知道日本人腦袋裡裝的是什麼？」就這樣，上個廁所好像經過一場文明的洗禮。

事後我把日本旅店裡的「奇聞」說給朋友聽，說得很有興致，對方卻平平淡淡回我：「你這個鄉下來的土包子。」我還沒告訴他呢——台北誠品信義店剛開幕，我去用它們的廁所時，小門一開，馬桶蓋自動掀起，直讓我駭異得往後退，幾秒後不死心，探頭去要把躲在門後惡作劇的人給揪出來。

因為有這樣乾淨的廁所，有時我進廁所卻不為了上廁所。我好獨處好安靜，靜看一樹花開花落最感到天人和諧，但在這個時代在這座城市，一出了家門——有時也不必出家門，只消打開手機，甚至連我自己也常嘰哩呱啦彷彿金魚取食嘴巴一張一闔吃撐了吃暴了至死方休那樣說著話，偶爾地我就隱入廁所埋首膝間，靜靜坐在馬桶蓋上，安享三分鐘五分鐘的靜靜。

這是我初進職場養成的習慣，那時我自不量力應徵了個美術設計的工作，上班後一名資深同事冷冷對我說：「我看你連圓規怎麼用都不會。」幾日後我想辭職，老闆留我轉任文字編輯，這名資深同事一仍瞧我不起。偶爾地心情過不去，我就躲進廁所喘口氣。這情況持續到第一回我與她同做一場採訪，事前花了許多精力準備。採訪結束後，天正下雨，走到屋簷底，她在皮包裡掏了掏，拿出摺傘撐開為我擋雨。與其生氣，不如爭氣，我感謝她，為我上了社會大學第一課。

廁所裡三分鐘五分鐘的美好時光，好比旅行。從日常生活逃了開去，一個人靜靜地走路，這大概就是我多少年來偏好不結伴旅行的緣故；五天過去，夥伴依原訂計畫回台灣，儘管數日相處得愉快，我還是衷心表白：你的旅行已經結束，而我的才剛剛要開始。

天賜

青蛙有兩種，小的叫田蛤仔，大的叫水雞。不用上課的周三熱天午後，扒開屋後陰隰之地挖半錫口鐵罐蚯蚓，細竹竿綁上裁縫線，末梢繫一段蚯蚓，立在田埂邊沿抖啊抖地，田蛤仔看直了眼，很快便咬餌料了。一下午可以釣上半塑料袋。

六月到了，一期稻作即將收割。春天插下的秧苗一日日拔高，終於抽穗、灌漿、飽實垂頭，一起長大的還有水雞，那肥壯的！稻禾刈去，水雞無處藏躲，父親徒手捉到後用稻草縛住兩條跳遠選手後腿，獻寶也似輪流在幾個孩子眼前繞一圈換來驚歎連連再交給母親。母親摘一把初生絲瓜藤和水雞煮成清湯，爽口鮮美；炎炎日頭高張，人都中暑了也似懶洋洋，母親說水雞煮絲瓜藤可以清熱。

來到都市，料理養殖水雞或牛蛙用的都是三杯，米酒醬油麻油糖大蒜老薑拌炒九層塔，口味奇重，吃的已不是食材原味。

《汪洋中的一條船》裡也有釣青蛙的場面。

《汪洋中的一條船》作為國民小學課外補充教材而讀過，改編電影由秦漢、林鳳嬌主演，學校又當課外活動地，一班班徒步三刻鐘到小鎮上看電影；寫讀後心得，作文比賽演講比賽朗讀比賽，政令宣導一般動員著，那是上個世紀七〇年代的台灣。

原著裡鄭豐喜說他一回釣上了條大蛇，從此再不敢用釣的，但他有其他方法：五哥在水面上張網，他以竹棍敲打圳邊叢草，青蛙受到驚嚇噗通噗通直往水圳跳，讓漁網接住了；水田剛翻土，驟雨過後的夜裡群蛙嘓嘓，他拿燈火朝牠們當頭一照，傻愣愣地青蛙便就擒了；冬天裡青蛙躲洞穴冬眠，他來到郊野，聽見蛙鳴懶懶，也學著叫，牠叫得急他跟著急，牠叫得緩他跟著緩，只要學得夠像，互相唱和稍不停歇，他循聲掩至，拿鋤頭或鏟子一把將青蛙鏟回……鄭豐喜繪下的是上個世紀五〇年代台灣鄉野的一幅圖像。

很長一段時期，童少時家中經濟的拮据經驗糾纏著我蒙昧著我，直到近些時候，靠在中年的邊上回味，慢慢地那些吞下肚裡的苦日子逐漸在喉頭回甘。貧窮既然是老天送給我的，我就當它是個禮物：同樣乞食於大自然，鄭豐喜乃抱著「我要活下去」的自覺，我則只能算是歡喜加菜；命運給鄭豐喜的是一場惡作劇，我的鄉下生活卻毋寧更接近牧歌般的清歡——

青蛙有兩種，老鼠也有兩種：鼴鼠住家中，膽子小只在暗夜裡出沒，軟綿綿毛茸茸很可愛，嘴巴尖長傳說可以串來財富，又叫錢鼠，大人交代不能驚擾牠；田鼠不然，牠四界掘洞、啃咬作物根莖，農人都瘦獨牠肥碩。

休耕田地上野孩子們分頭找洞穴守著。這些洞穴地底裡互相連通，其中一個洞口前燃燒稻草，導引濃煙進洞，片刻後不遠處便傳來喊打聲；一陣追逐混亂，多半夾雜驚叫與哭號，終於捕住，田鼠已經去了半條命，由囝仔王緊握尾巴高高提著，他又害怕又逞強著擺出威風架式。母親拿田鼠沒辦法，五伯母將牠放捕鼠籠裡淹浸水中，斷氣後澆灌滾水脫去毛皮一身粉色光滑，去頭去尾去除臟器，煮麵線，起鍋前滴幾滴米酒頭，那香的！

河溝裡有蚌有蟹有吳郭魚，還有蛤仔。外婆家位於濱海小鎮，家門前一道溪流，黃色木槿花落水面，漂啊漂，漂向大海；夏天到外婆家，迫不及待便下到淺溪裡摸蛤仔，不只「摸蛤仔兼洗褲」，尿急時下半身蹲進水中，神不知鬼不覺的。外婆將摸來的蛤仔養在清水吐沙後，加醬油和蒜末，就可以端上餐桌了。

土虱是連污濁的水質也活得下來，一回自排水溝撈出一只破陶甕，傾出泥水時滑溜溜幾尾方頭土虱在地上擺動尾鰭，一夥人驚喜得哇哇叫。學校裡老師以「最美味的食物」命題作文，這是《國語日報．小作家月刊》每月徵文主題，老師會挑選佳作投稿；我的舌上還留著燉土虱的好滋味呢，寫著寫著老師抽去我的作文簿看了看，說：這種東西感覺一點都不好吃。但我並未接受老師暗示，改寫成木瓜牛奶啦剉冰啦等等飲食。

父親說過一個笑話：「有戶貧窮人家，窮到沒菜下飯，他們在空蕩蕩牆上掛一條鹹魚，老大老二規規矩矩望一眼鹹魚吃一口飯，老三卻連看了兩眼。兩位哥哥向父親抱怨，他們的父親出面安撫：沒關係，鹹死他！」家境雖沒有如此慘烈，但一鍋燉土虱絕對是大餐絕對是美味。

有幅童年景象時常冒出腦際：春雨方歇，田土剛犁過，左鄰右舍男人女人全都插水田裡，身旁各浮著一只面盆，我們彎腰捉泥鰍；這些泥鰍由天地生養，今年捉了，明年仍有。自然的循環、生命的韻律。我常想，日後就把我的骨灰灑在自家田地上，讓我也進入食物鏈、進入四季，成為田蛤仔水雞田鼠蛤仔土虱和泥鰍的食物。

看過一部紀錄片《里山》，里山（Satoyama）原指「農村聚落和耕地周圍的山區」，目前泛指「農村聚落及周圍地景」。琵琶湖是日本最大淡水湖，位於湖畔與森林交界地的梯田有上千年耕種歷史，每年山泉水與季節雨豐沛的春末五月的夜裡，琵琶湖的鯰魚會沿灌溉渠道逆流迴游，游進淺水溫暖的梯田嬉戲追逐產卵受精；牠們將這一級級梯田當成了育嬰室，小鯰魚破卵而出後還要待上兩個月，某個夏季夜裡再魚貫順著父母的來時路游回琵琶湖。年復一年歷經千年無數世代。這樣的人與自然的諧調帶著神性，令人神往。

反觀我的家鄉，二十世紀還沒過完呢已是一片鏽色，沒有水雞沒有蛤仔沒有土虱沒有泥鰍，強勢外來種福壽螺倒是以燎原之姿蔓延，成了農家心頭大患，偶爾瞥見一隻田蛤仔孤伶伶蹲在田埂邊沿，我雀躍呼喊父母：快來看快來看啊，這裡有一隻田蛤仔呢。

倒把這一隻田蛤仔驚嚇得一動也不敢動了。

故鄉的野菜

周作人說：「我的故鄉不只一個，凡我住過的地方都是故鄉。」這是何等開闊的襟懷。當我年少，也曾這樣以為，所謂他鄉，不過是另一個故鄉；去到國外，甚至感覺到無處不可以為家。如今想來，當時我只是故作老成、故作豁達。當年歲逐漸老大，當我在都會裡居停的時間遠遠超過有我父母的那個鄉下，故鄉的內涵更被凸顯而出，那裡變成一個象徵，居心地，烏托邦，人生的起步，生命的底色。

也許有一天，我離開了這座城市，現在我所習焉不察或始終不能習慣不能喜歡的，這座城市的細節，也會發酵成思慕微微的一紙相思，召喚著我，使我縈迴。

說到底，故鄉的「故」正如字面上所表明的，有著因為故去所形成的空間與時間雙重距離感，不是離家在外的人，是用不上「故鄉」這個詞彙的。所以故鄉的野菜，就不會是我現在所俯仰其間的這座城市的野菜，而是長在十八歲出門遠行前，家鄉竹圍仔的野菜。

周作人寫〈故鄉的野菜〉，點名薺菜、黃花麥果與紫雲英。每在江浙餐廳如薺元小館，薺菜水餃上桌，蒸籠一掀開，白煙騰升之際，座中便有人要複述一回它的文學履歷，彷彿或確實地，齒頰間氤氳的氣味因此更風雅了些。紫雲英並不長在我的童年，但也為我所熟悉——秋穫後到春耕之前，早年農家不讓田地閒置，改種豌豆、油菜、芝麻等經濟作物，近些年返鄉發現多半休耕，休耕的田地怕叢生雜草，便散漫種上波斯菊、向日葵，也有紫雲英，翻騰如浪的綠色中紫花點點，但並未見有人採來食用，春耕時翻土犁地，全化作了春泥。

黃花麥果即鼠麴草，長在田間野地，冬春之間常可見到一個個半伏著的人影，屈膝、弓背，視線在三步之內，他們在採鼠麴草；當我年幼，人們只取嫩葉，及長，連已經結黃花的也不錯過，近些年野地裡日漸稀少，市場倒有人設攤販售。年前與母親出門，叢草間發現成熟的黃色花朵，母親彎身去採了幾朵揣進上衣口袋，打算返家後把種籽撒在園圃裡。

鼠麴草是製鼠麴粿的原料，菊科、草本，結黃花簇生枝梢，全株密被白色毫毛，柔軟宛若毫無筋骨，又稱佛耳草、黃花艾，也叫清明草。鄭大樞〈風物吟〉有句「宜雨宜晴三月三，糖漿草粿列先龕」，農曆三月初三為清明節，草粿乃鼠麴粿別稱，〈故鄉的野菜〉也說清明前後掃墓，有些人家以鼠麴草做繭粿祭祀。但就我識見所及，鄉人做鼠麴粿概在農曆過年與中元普渡兩節，並無人於清明做粿，以此詢問母親，卻說也是有的，但今日已經少見。套一句周作人的話，這些「大約是保存古風的人家」吧。

採得的鼠麴草或先曝曬或直接下水煮過，攤竹編篩盤裡，冬日午後暖陽薄薄，婦人們就著天光將一團皺的鼠麴草撕碎，撿出稻草雜物、挑出硬梗；鄰人途經，也湊上前來幫忙，串門子，空氣裡潛伏著一股年節將至的氣氛。煮過挑過的鼠麴草曬乾後勻成兩份，一份當下便要使用，一份留待來年七月派得上用場。

糯米磨漿後裝入麵粉袋，置長板凳上，取來扁擔一支橫空壓過麵粉袋，頭尾各緊緊綑綁於長板凳兩端，將水分自細密的布眼中趕出。陰乾的米漿結成團塊，掰下一塊在清水中煮成泥軟富有黏性的粿粹，其餘搓成粉狀，糯米粉的聚合就全靠這一塊粿粹了；糯米粉加入鼠麴草、白糖，揉陶土一般，使勁地、耐心地將所有原料揉勻，這是個粗活，但少見有男人幫忙。

當糯米糰揉成青灰，顏色均勻，軟Q有延展性，便在掌中攤成碗狀，填進香菇碎肉、豬油炒乾蘿蔔絲等餡料，收合開口，拍拍撫撫成圓梭狀，墊以黃槿葉片，放進蒸籠，點一炷香插在灶頭度量時間。一炷香後掀開蒸籠，一顆顆鼠麴粿油亮宛如玉石，趁熱一口咬下，粿皮在齒間和手上藕斷絲連，猛一吸，燙得嘴巴呼嚕呼嚕響，米香、草香，滋味甘甜。鼠麴粿最是記憶迷宮裡牽引回童年的毛線球。

揉進鼠麴草前，巧手的五伯母會留下一小塊糯米糰，大大小小一群孩子麻雀覓食般圍繞著她，看她做「雞母狗仔」。揉揉捏捏後便是母雞坐巢抱蛋、母豬帶小豬，都圓墩墩的好福氣。捏好後放一旁陰乾，待鼠麴粿蒸熟了，趁著餘燼將雞母狗仔送進灶口；過不多久，五伯母拿火鉗一一將它們掏出，孩子們爭著搶著都快吵起來了。外表焦黑是不能吃的，我們將它掰開，邊喊著好燙好燙邊將中心黏軟部位吞下肚裡去。吃完了，互相取笑你臉黑黑的好像長了鬍鬚，很快地又像麻雀般往四方散去。

除了鼠麴草，常見的還有馬齒莧。馬齒莧不擇地力，緊抓一點貧薄的泥土便能盡情開展生機。小指甲蓋大小的葉片厚實光滑，採下後放舌尖品嘗，滋味酸酸的好似尚未成熟的水果；吳其濬《植物名實圖考長編》將馬齒莧歸於「蔬類」，作為野菜雖不起眼，但不乏文學典故附麗，有川浩少女漫畫般的長篇小說《植物圖鑑》裡就有一章叫「野莧菜、馬齒莧與蘋果薄荷」，有道食譜：行道樹下採來的馬齒莧氽燙後浸泡於冷水中，大碗裡放入白味噌、芥末醬，撒上砂糖與醋，再滴米酒幾滴，調成芥末醋味噌，拌進濾乾了的馬齒莧裡，便是爽口的和式小菜。

曹冠龍《閣樓上下》也有一個章節叫「馬齒莧」。窮乏的日子裡，馬齒莧是救荒本草，春夏秋三季，曹家父子三人每星期天赴上海郊區挖野菜補糧食的不足，主要的收穫是馬齒莧；饑饉的年代只顧得了肚子，顧不上舌尖的滋味，自然沒有製成開胃小菜的花樣，曹冠龍寫道：「馬齒莧炒來好吃，但炒菜化油多，那年頭當然無暇顧及口味。燒得一鍋開水，將大袋的馬齒莧倒入鍋中，在沸水中搗動一番，待那莖葉燙得半熟，撈起，扔在屋頂上滴水曬乾，幾麻袋馬齒莧攤開來，屋頂上紫黑一片。如果太陽好，早上曬出去，傍晚便成了黑乎乎的菜乾，收攏起來在麵粉袋裡。吃時放回水裡去煮，煮軟後打入些麵粉，便成了菜糊，微甜微酸，很好喝，也很脹肚。」

都說葉如馬齒，故名馬齒莧，但我瞧不出兩者有什麼相似，便當這是想當然耳的說法；後來讀到《植物名實圖考長編》裡有兩段話：「治馬咬人，毒入心，馬齒莧湯食之，差。」句末「差」作痊癒解；另有一句「解射工馬汗毒」。誰知這不是命名之所由來。它又叫五行草，導因於葉青、梗赤、花黃、根白、籽黑，日本人稱它為五色草。不過鄉人既不叫它馬齒莧，也不叫它五行草、五色草，而是豬母乳，荒年止飢、豐年飼豬。

如今最常發現馬齒莧的所在是花圃，園藝品種，花型大、花色繁多，單瓣複瓣兼而有之，夏日裡在全日照的盆缽中扦插幾段馬齒莧，繽紛熱鬧將超乎預期。

故鄉的野菜有些是城市裡也常見的：大花咸豐草在任何荒廢畸零地都能篡位般地蔓延，若不是它開疆闢土的作風宛如悍婦侵門踏戶，白花黃蕊在風中搖擺，真如小家碧玉討人喜歡；但我看著，總還想著扎在土裡的根鬚，母親會將根鬚曬乾、洗淨，加黑糖熬青草茶，書上說它「清熱、散瘀、利尿、解毒」。還有龍葵，嫩葉可煮蛋花湯，我的視線卻老落在它的漿果上，當發現珍珠般的漿果轉為深紫，嘴中自然泌出唾液甘甜。不過身在都會，我常疑心葉片積了太多落塵，而土壤裡有重金屬。

記得中學時有個暑假，身體格外虛弱，母親不知哪兒聽來的偏方，每天早上摻了小魚乾與野油麻葉熬粥，唇舌之間隱約有股苦味，感覺很滋潤。我一向喜歡微苦微甘的菜蔬，苦瓜、芥菜都可以吃上許多。但現此時想起那碗粥的滋味，倒也不是苦倒也不是甘，而是列車往前開去，風景向後倒退，手上一張單程票，知道再也回不去了的況味。

大風吹

1

二月天，住家附近小公園裡櫻花盛開壓低了枝椏，花樹下，一名膚色黧黑年輕男人操持一具宛如大砲的器械，三兩名孩童隔幾步遠專注瞧著，要爆曬年輕男人出聲示警，孩童都用手遮耳朵，張大眼睛、咬緊牙關而有一張逗趣的臉。砰！地好大一聲，白煙噴發，米香瀰漫，空氣微微顫動，緋紅花瓣紛紛飄落，彷彿若有風。

大風吹。

吹什麼？

吹有記憶的人——

當我童少，每隔一段時間爆米香流動攤販便會駕柴油車駛進我們竹圍仔，一男一女大概是翁仔某搭檔，擇定姑婆家開闊稻埕女人擺開陣仗，男人在每一座大門前駐足，邊敲鑼邊喊叫爆米香、爆米香喔——我一聽，仰頭張望六嬸，眼神肯定流露了渴望，見六嬸點頭，我便自米缸中舀米，裝台糖鳳梨馬口鐵空罐裡，七分滿。

稻埕上陸陸續續已經集結了大人小孩，地上一罐罐白米排著隊，男人依序拿起，這是誰的他問，人群裡有人認領說我的我的，他便將米傾入砲管，片刻後大喝一聲要爆囉！年輕母親為襁褓中嬰幼掩緊耳朵，轟天巨響伴隨白煙大作，照例有誰家的囝仔還是被驚哭了，女人趨身向前拿一截米香哄哄他。米香、麥芽香，空氣甜甜的。

我提一塑料袋米香返家，六嬸問怎麼去了這麼久，我是著迷於那每一次巨響每一回雲繚霧繞。腹肚枵的時陣，六嬸說，才可以吃喔。

肚子餓的時候，還有麵茶，阿嬤還在時會自己用麵粉焙炒，加豬油、紅蔥

頭；放學後，六嬸還沒下工，腹肚枵得咕嚕咕嚕叫，沖一碗麵茶止飢。

小時候我眼中的大人現在都已初老，年節聚在一起，同一團毛線織了又拆了又織地談的都是前塵往事，總有人提起，當我嬰幼時有人找我去拍奶粉廣告。後來呢？有人說：後來讓你老爸擋掉了。為什麼拒絕啊我看看六叔，六叔只是笑但不答話，六嬸開口把話題調轉了方向：以前真散赤，飲不起牛奶，這幾個囝仔攏是食麵茶、食米麩大漢的。

奶粉啊那是阿公阿嬤才喝得到的。遠地親戚前來探訪，總帶克寧奶粉、五爪蘋果當伴手禮，都讓阿嬤給收進五斗櫃裡；但是頻繁地，阿公自瀰漫金十字腸胃散氣味的裡屋拿出一罐奶粉幾顆蘋果問誰要呢。蘋果已經鬱出傷口，奶粉也早過了期，捨不得還是泡泡看，一杯子粉狀懸浮，味道也不對了。

自家灶腳產出的，除了麵茶還有鍋巴。幼時，家裡用的是灶、燒的是柴，看我們等在灶前，六嬸會讓飯多燜一會兒好使鼎底結一層鍋巴，剔起，輕輕握成一團，沾白糖吃，那美味！上台北後幾度和朋友在銀翼餐廳吃鍋巴蝦仁，醬汁淋下滋滋作響，色香味之外兼有音聲享受，但這已不是童年那款質樸滋味了；童年的滋味是最尖酸美食評論家也無能苛責的。

或是豬油粕。六嬸在菜市場買來的油脂蒼白滑膩，利刃切塊，入鼎翻炒，很快炒出一鼎豬油，油粕載浮載沉，瀝乾後撈起，我坐飯桌前專注挑著有肉販沒剔乾淨的瘦肉的油粕仔。油粕仔口感酥而有油香，六嬸拿它炒青菜。至於豬油，裝進鍋子冷卻後成乳白色。後來有了電鍋，鍋裡恆常有白飯，半夜裡腹肚枵就添一碗白飯舀一匙豬油，看著白色豬油緩緩融化把米飯浸潤得剔透晶瑩，一匙豬油可以扒下一碗飯。

池波正太郎也愛這樣吃。

池波正太郎是日本時代小說家也是美食家，他留下鄉間炒菜用的油脂，加入調味料後放一夜，凝凍，隔天置被爐裡片刻後再澆熱米飯上，池波說：美味極了！

我讀過一則報導，據「研究指出」，吃零食可以刺激大腦，產生心理上的慰藉感，成功轉移緊張焦慮的情緒。姑且不論所謂「研究」往往是企業主委託的研究，所謂「指出」則是公關公司的說辭，對我而言，米香、麵茶、鍋巴、豬油粕，乃至於熱白米飯上澆一小匙豬油，等等這些「零食」之所以好吃，原因再簡單不過，因為它們都是在「腹肚枵的時陣」吃的。

零食比正餐好吃，因為正餐是時候到了就要吃，而零食，是想吃的時候吃。

2

池波正太郎少時即展現美食家意志。十三歲小學畢業後進入股票營業所工作，聽同事提起銀座資生堂茶室的雞肉飯銀器盛皿精緻非凡，便不惜花費六十錢前去享用，儘管當時他的月薪僅僅五圓。

後來每當他存錢若干，便上資生堂茶室大快朵頤一番。為他點菜的是同齡侍應生山田，山田介紹池波啖奶油焗烤、啖牛肉可樂餅，兩人逐漸建立起了友誼；第三年耶誕夜，少年池波拿出岩波文庫《長腳叔叔》說是送給山田的耶誕禮物，少年山田收下禮物後，說：我也有。把一只細長包裹交給了池波，打開一看，是一瓶青春痘美容水。少年間的情誼清澈、透明、純粹彷彿無菌室裡培養出來的，我讀著讀著，眼眶有一瞬潮潤。後來山田當海軍去，與池波見過一次面後，兩人從此失去了聯繫。

讀著池波正太郎飲食故事的同時，手邊另準備了一本攝影集對照，封面用的是神田万惣的鬆餅寫真，蜂蜜淋在鬆餅上，浸潤的同時正緩緩流淌真令人垂涎，那是池波在父母離異後，每三個月與父親相會，父親同他去看過電影後的歸途上，帶池波去吃的。直至晚年，池波還常光顧万惣。

有記憶的滋味最美；我想起桃酥，還有雞蛋糕。

竹圍仔到處都有，我的竹圍仔位於彰化和美。和美雖是小鎮，卻有兩樣名產行銷全世界，一是和美織仔，二是幾次在戲院看好萊塢電影嘲謔的Made in Taiwan的雨傘。我的堂姊妹們多半都曾在紡織廠待過，三年五年甚至十幾二十年青春消磨在滿布棉絮纖維、嘈雜不堪環境裡；而我則趕上了一九八〇年代客廳即工廠的浪潮，課餘除了短暫治遊，時間多半消耗在雨傘代工，指甲縫有洗不去的髒污。

傘工廠叔叔開著小發財車將半成品一捆又一捆運來加工後，又載往下一條生產線；那些半成品頗有些重量，但自大門到裡屋還有一座稻埕的距離須徒手搬運，還好每當那名矮個子、結實，滿臉堆笑的叔叔的小發財一靠大門邊，一個個孩子便自三合院一扇扇門後現身幫忙；很快地卸完貨後，叔叔會從駕駛座旁拿出一袋桃酥，一人一片。對慣於吸吮黃橄欖紅橄欖肉桂片，偶爾才有一顆白脫糖含嘴中久久捨不得吞下的鄉下孩子我來說，桃酥可是一份大禮物呢。

十八歲出門遠行，有時經過羅斯福路、辛亥路口附近萊陽桃酥，玻璃櫃裡有一大落一大落桃酥，我駐足看了又看還吞吞口水，終究沒進店裡交關過；我很明白，再怎樣高明的師傅都不如時間這名大廚所調出的記憶的味道。

就比如說吧，目下市面綠豆椪的餡料質感細緻口感綿滑，但我每一剝開看到這款餡料後，仍不免感到又是一場失望，若身邊有人也就隨手遞出；我在尋找而不可得的是黃色顆粒內餡、口感稍粗，不那麼甜膩的童年的綠豆椪，一個紅色圓圈蓋在白色餅皮上。

童年畢竟是無法複製的。

中學時一個傍晚我與六嬸在灶腳，屋外有小發財車放送著錄音帶，麵包，來買麵包喔。我突然對六嬸說，今天是我的生日。家裡任誰都沒過過生日，六嬸愣了愣才回我：喔，這樣啊。隨後掏出一張十元紅色紙鈔，去買個麵包吧她又說。

我高高興興地向餐車買了個雞蛋糕。那一個不及手掌大小的海綿蛋糕，鬆鬆軟軟，比起常吃的炸彈、蔥花等口味，是最接近我所想像的生日蛋糕的形象。

將五元找錢還給六嬸，我把雞蛋糕掰成兩半，一半遞給六嬸，你自己吃就好六嬸說，我堅持，六嬸遂輕輕咬下一小口：剩下的你吃，今天是你的生日啊。她摩摩我的頭。紅毛土上有夕陽透過窗櫺投射出的一格格金色光輝。

清糜

六嬸沒有好廚藝，比起六叔來便明顯遜色不少。

同款是煮糜，六叔熬的鹹糜用料豐富、手續繁複：生米淘淨下鍋，加一匙豬油，等水一熱，豬油暈化開來，灶腳傳來第一道香氣，紫色芋仔去皮後切塊，先在油鍋裡小炸，表皮略焦後撈起，蔥蒜蝦仁爆香，瓠瓜切丁、花枝切片，六叔揮霍著食材，一伺時機成熟所有作料下鍋，燜熬，這時他含一支菸蹲到門檻翻報紙，轉身再回灶腳時，香氣已經四界瀰漫，讓人在不知覺間早備妥了碗筷，好期待；而六嬸端上桌的，卻永遠是清糜，平淡寡味，還舀一碗沸騰在鼎心的糜湯要我們喝下，只因她不知從哪兒聽來的，那是一鼎糜的精華。

不過，六叔難得下廚，他的廚藝帶著一種表演性質，節慶，嘉年華；我們在六嬸面前毫不保留誇讚六叔廚藝，六嬸多半說好、好，多吃一點。偶爾說你們要叫伊多下廚。並不在意讓出灶腳這個地盤。只有一回六嬸說，誇張起情緒才說出口：我要像伊那樣做菜，早破產了。六嬸說得並不誇張。

六叔、六嬸是我對父親、母親的稱呼。

當我兒少，六叔到那個叫作大甲很遠的地方工作，掛藥包——將胃腸藥驅蟲藥感冒藥各色成藥放同一只袋子吊掛在一般民家牆上，任其取用，每隔一段時間上門去結一次帳；六叔也是一段時間才回家一次，我的尋常生活是屬於六嬸的：那是個台灣各地大量蓋起販厝的一九七〇年代，六嬸在工地搭鷹架、拋磚、抹壁，國民學校放學後我曾到工地等她下工，在獨她一名女性的工作場合裡，沒有男人小看她，沒有男人用言語菲薄她；收穫的季節她一蹲一甩，一麻袋稻穀便上了肩頭，竹圍仔的男人女人都說：這個阿閬仔真不簡單。日常生活裡，雨天漏水她爬上屋頂抓漏，晚上跳電她擎著蠟燭換電錶鉛線，腳踏車輪內胎扎釘子，她也能剪一片橡膠皮用強力膠狗皮膏藥一般補將起來，和師傅的手法並無二致。

六叔不在家，六嬸挪出一肩當父親；六叔回家了，這個家仍靠六嬸撐著。可是六嬸沒有好廚藝。她也曾想學人做蛋糕，遣我去柑仔店買發粉，發了老半天卻沒有受孕跡象，後來才發現我買的是番薯粉，而不是發粉。這不是她的錯，但我把這筆帳算到她頭上了。好像她也學過做豆漿做包子，大費周章後很快就放棄了。

想想，六嬸自工地返家天已昏暝，她一臉塵灰一身土泥，幾雙嗷嗷待哺眼睛張望著她，她所思慮的是如何在最短時間內張羅出一頓可以填飽肚子的食物，而非精心烹調，所以桌上總有幾樣罐頭食品：罐頭菜心罐頭脆瓜罐頭燒鰻或是罐頭三文魚，滷蛋炒蛋荷包蛋變換著，炒空心菜炒花椰菜炒高麗菜，滷肉，黃昏市場買來的切豆乾滷海帶，幾個孩子把一碗菜夾得山尖，坐到電視機前盯著《無敵鐵金剛》、《海王子》看得忘了扒飯。

而一早同六嬸一起上工的男人返家後，可能先沖熱水澡，有熱騰騰菜肴等在餐桌，飯後踅到附近柑仔店啜飲米酒嚼花生米閒嗑牙直至明月高掛；明月也映在稻埕一隅井水裡，六嬸蹲井邊漿洗衣褲。生活現實讓六嬸只能顧全大局，無暇旁及小節：在溫帶，冬天到了，樹木落光了葉子減少養分損失，僅留著枝幹看似蕭條，其實它的打算不在目前，而在來春。六嬸總說，你們好好讀冊，看後擺日子能不能好過一點。

沒什麼好抱怨的，卻還是難免羨慕別人的母親，比如說吧，中學時班上有個林同學，父親是小鎮醫生，總考第一名。早上第四節下課鐘響，同學哄地湧到側校門鐵柵前買一個訂價二十八元的便當，或是值日生越過一座彷彿走不到盡頭的操場去抬便當時，林同學自林媽媽手上接過剛備妥的便當；不，不是便當，那是一籠三層的漆器，棗紅底漆、金色蒔花，底層盛的是湯，中間菜肴，最上層倒扣菊花壓紋富有光澤白米飯，飯上星散幾點黑芝麻白芝麻，白煙徐徐飄出，林同學執筷將飯送進嘴中，一小口一小口，好不優雅。我收回視線，鋁盒裡青菜已被蒸得過分爛熟，而魚或肉又顯得蒼白浮腫。

大學時曾作客嘉義蘇同學家，下午時蘇媽媽趕著女兒帶幾名小客人走逛市街食噴水雞肉飯、方塊酥，叮囑我們要留點肚子，晚餐時再返家；返家時看見大圓餐桌上的排場真令人咋舌：滿滿一桌子菜，感覺每樣食材都被好用心對待了。蘇媽媽聽著此一聲彼一聲的讚美，又開心又驕傲，一晚上勸飯勸菜，席間蘇媽媽唱起阮若打開心內的門，就會看見故鄉的田園，雖然路途千里遠，總會暫時給我思念想要返，故鄉故鄉今何在，望你永遠在阮心內……用的是美聲唱法。一種電視廣告裡才有的場面，我這個庄腳囝仔真開了眼界。

後來一行人又去了一回，餐桌上仍有一盤大蝦，但與上回水煮蝦做法不相同，蘇媽媽說，上次看你們都不太會剝蝦，所以這次做成琵琶蝦，快吃快吃。我的六嬸自然不會琵琶蝦，她看著我們對一盤水煮蝦一動也不動時，會問：要不要幫忙剝殼？

其實我們家即連一年一次全家圍坐一桌進餐的圍爐，也越來越吃得並不特別。年味年味，年味的逐漸淡薄，原因之一一定是，過去農業社會只在年節才品味得到的食物，現在隨時，甚至半夜裡也不難吃到了；不再具有獨特性，因此少了許多對年節的期待和回味。我們家圍爐吃的，總是六嬸當天下午拜公媽的雞肉魚肉三層肉，煮得老老的，擺在大小不一、高低不一兩張方形摺疊桌上，飯後撤掉食物，一張收起、一張鋪上牛皮紙可以打麻將。而六叔，中午過後就開始自斟自酌，到了晚上也就有點醉意了；而天氣，總是陰寒著一張臉。用餐時只有張小燕在那個小方盒裡嘎嘎嘎地說著笑著鬧著，只有六嬸殷勤為大家夾雞肉夾魚肉。

或許是看六嬸置備年菜的辛苦，或許也想換換口味，有一年大哥向便利超商訂了一組年菜，一家人都好好奇，六嬸準備妥拜公媽的祭品後也來一探究竟。終於上了桌，外觀已和型錄風馬牛不相及；佛跳牆要熱、鳳梨蝦球要擠美乃滋……六嬸忙進忙出，彷彿那個隱身在便利商店中央廚房的大廚的下手，看看沒有雞肉，又去端出自己料理的雞肉，食雞起家、食魚連連有餘，怎麼可以沒有雞肉魚肉呢？吃著吃著，六嬸委婉說了話：不太理想喔。好興奮期待的這一組年菜，結果簡直是一場災難，六叔搖搖頭：啊，很不行啦。這可以聽成是對六嬸廚藝的一次肯定嗎？

就這樣，隔年六嬸重又張羅起年夜飯，好像從灶腳傳出的鍋鑵碰擊、菜刀剁在砧板上的音響也是年節一部分，讓人因此感到心安。甫上國中姪女的炒米粉，六嬸也讓她端上桌，邊吃邊說好吃好吃；姪子的所謂創意料理：糖水煮蘋果，六嬸雖然不吃，卻也讓他玩個痛快。六嬸在灶腳從不專制，不，不只灶腳，而是在整個人生裡，她都當自己是個配角，好像那一碗清糜，用它的平淡寡味來凸顯各式菜肴的色與香。

我的圍爐想像來自廣告畫片：三代同堂圍坐圓桌長幼有序，人人臉上洋溢剛滾開的笑容，熱鬧滾滾，喜氣洋洋。拿廣告畫片來對照市井生活難免令人失望：除夕當夜接到某朋友電話，帶著濃濃鼻音說他傍晚覺得睏乏，一覺醒來已經快跨年，那年夜飯呢我問，他說：吃什麼年夜飯，老爸老媽和我三個人話都說不上幾句。我該慶幸我們一家每年還有這麼一回不失歡喜圍攏一桌吃上一頓飯。年節結束返回工作崗位，發現另一位朋友在噗浪上發話：家族裡那些糾葛，有斬不斷的根苗牽絲攀藤地延展，年節餐桌上，這真是最難端的一道菜了。我該感謝我的父母絕少在背後道人是非，也不邊吃飯邊訓話，讓人食難下嚥：六嬸總是把飯菜準備好，任我們上桌下桌，野孩子一般自由自在，記得有一回同去嘉義那群朋友來到我家，我們還把飯桌搬到室外，在稻埕邊沿玫瑰樹下用了晚餐。

六嬸不善廚藝，養出了我這個兒子吃什麼都不覺得難吃；而有一位廚藝精到的媽媽的，我那位嘉義朋友蘇同學，後來在台中開起了餐廳。餐廳名叫「魚麗」，典故出自《詩經》。魚麗不只賣食物，還賣書，失聯多年後我去找過她，她為我端出看似家常手路菜，紫蘇桂花鴨、雪菜肉末、奶油蘑菇烘蛋、腿汁長年、魚羹蛤蜊雞湯，我食得讓她噗哧笑出聲音來：看你狼吞虎嚥的。

我們不談目下這些精雅美食，這些我不懂，形容詞很有限，幾句「好吃好吃」就說完了。我們談多年前的記憶、多年來的際遇，個人的、共同的，也提及蘇媽媽的琵琶蝦、我六叔熬的鹹糜、六嬸的清糜，以及那一碗特別從鼎心舀出的糜湯。突然她說：慢著。她起身自書架抽出一本書，翻啊翻地翻開其中一頁，遞給我：你自己看。

那裡有李漁一段話。李漁說：米的精華全在於水，煮到一半才意識到水太多而去舀掉它，舀掉的不只是水，而是米飯的精華。

這幾年，「療癒系」說法大行其道，說某人歌聲溫暖人心則是療癒系歌手，說某人文字撫慰情感則是療癒系作家，那Comfort Food可以稱為療癒食物嗎？當你失落時、頹唐時、疲倦慵懶不思振作時，有沒有一樣最想入口的食物，溫暖你的胃、溫暖你的心？有一年我去到很遠很遠的蘇格蘭，老天一張臉總像在賭氣，語言學校裡老師教到Comfort Food這個詞，他問我：Sheng Hong，什麼是你的Comfort Food呢？

糜，六嬸的清糜。

種花

春天遲到了，往年於清明前後即紛紛綻放的百合花，今年卻遲遲無有音信，直等到五月天才轟地盛開。

百合長在菜畦邊沿，初始只是一瓦盆雜在隨意傾倒的土壤裡幾瓣殘碎鱗莖，菜畦裡甕菜、芥蘭仔、花椰菜、小白菜……一年四時更替，倒是菜畦邊沿這叢百合六嬸任它蔓延，暗地裡坐大，數年後經過一個說是四十年來難有的寒冬，煙火爆發般一開上百朵，佇足下風處數十公尺遙，周身盡皆浸沐於花香。

我誇六嬸汝有一雙綠手指。六嬸淡淡回應，啥物綠手指？我啥攏無做喔。語氣裡竟有一分無辜。生而不有，為而不恃，功成而弗居。我嘻嘻笑告訴六嬸，汝有古早時代一个聖人講的「不居功」的美德。回答我的卻是，我是一个粗魯佷，汝講者个，我聽無啦。但嘴角有笑文文，兒子誇她呢。

六嬸是個粗人，一瓢水往下澆，盆裡的日日春百日草圓仔花，枝枝葉葉便往旁欹斜，我跟在後頭一一扶正，嘴裡嘀咕著也毋較幼秀些。六嬸回答，哪有些个米國時間，等一下就企起囉。也對，每天這些草花不都立得直挺挺地等著被澆水。六嬸隨手將水桶水瓢交付予我，一轉身進進出出又去行薛西佛斯永無止盡的勞役。

這幾十年都是六嬸澆的水。大哥小弟對養花蒔草了無興趣，我與六叔賞花雖然挺在行，但是種花則如六嬸所說，僅出一隻喙。我離鄉後，六嬸更要向誰叨念去？

十八歲離開竹圍仔，臨走，六叔沒有多作交代，只是說，你作什麼決定都好，但要能夠對自己負責。六嬸沉默，走進廳堂燃起三炷香，拜天地，拜觀世音菩薩，拜列祖列宗，香煙裊裊，兩唇一張一闔念念有辭，把話都說給神佛與祖先聽。我肩著行李邁進稻埕、走出大門，六嬸才說，食乎飽，穿乎燒，想欲轉來就轉來。

很少返家，返家時就坐電視機前看日本綜藝節目。看一家幾代人住幾十年的老房子變得礙手礙腳，拆卸時敲敲打打，工人徒手一掀摧枯拉朽般一張天花板便給揭了開去，漫天塵灰與灰塵；看年輕工匠攜著美麗妻子可愛兒女的祝福，志得意滿登上擂台，不料不旋踵即遭淘汰，妻子兒女難掩錯愕卻仍安慰多桑是最棒的，女兒為他戴上親手編織的桂冠……

六嬸退到邊間，音響開得細細地看本土劇，我湊過去張望，不一會兒她便找個藉口起身去照看鍋裡飯菜、浴間待洗衣物，乃至於棲在欄柵裡的雞鴨，為的是將遙控器交給我。

其實我只是想與她靠近些，也許讓她摩摩我的髮，對我說有白頭毛啊，想未到來得咨爾緊。我是直到上了高中還偶爾讓六嬸幫我洗頭。頭髮打濕，半包566洗髮粉在手心底搓出泡沫，六嬸邊洗邊說，頭毛烏黰黰，後擺較緊白。以為以後是很久很久的以後，我沒放心上，讓六嬸身上發散出的彎彎浴皂寧馨香味哄得眼皮微闔快要睏去了。最後舀水一瓢瓢自頭頂澆下，流入耳孔囉我出聲埋怨，帶著一種親暱——那些花啊草啊被大刺刺地澆彎了枝葉時，也是這款感受嗎？

有時和六嬸作伙看新聞。

上台北那年夏天，五二〇，農民走上街頭訴願，與軍警爆發激烈衝突，雞蛋、棍棒、拒馬、鐵蒺藜、催淚彈、汽油彈，叫囂，扭打，廝鬥，火光熊熊看傻了螢光幕前的我和六叔六嬸。街頭運動那些年以燎原之勢蔓延，六嬸不諳普通話，我以普通話、台語交雜扼要說明：睏佇路上些个俍，是抗議厝賣得太貴，蹛不起，就親像蝸牛無殼；坐佇喇叭花邊者个學生囝仔毋願食飯，𪜶要求解散國民大會；密密親像蚼蟻些个俍舉著標語旗子，是爭取咱老百姓嘛會使直接投票選總統……

看著聽著，六嬸憂心忡忡說，汝佇台北，毋通參俍烏白來。好像當我童少，信口批評哪個政府官員不好，或以蔣總統當題材開玩笑，六嬸出言制止：毋通烏白講。若是晚上，她會順手將門扉闔上。

很少向六嬸提及台北的生活，總說無代誌、攏好，偶爾找些小事抱怨以呼應真實人生的粗糙真相。電話裡說的都是天氣：夏天說台北足熱，六嬸回我彰化小可；冬天說寒死囉，六嬸說汝暗時愛蓋較燒熱些；雨天問彰化有落雨無，晴天說出日頭囉。然後我問好否有代誌否，六嬸加倍回我攏好攏好、無代誌無代誌。

早些年在學校讀書、初出社會，六嬸還會提醒我吃飽一點穿暖一些，工作多年後她也不說了，大概知道我不會虧待自己，反倒偶爾叮囑，儉省些，存一點娶某本。我喔喔幾聲敷衍過去。一通電話一分鐘講完，她不逼問什麼，我也不說。

怎麼說呢？怎麼能說呢？我和伊的事。

倒是常對伊提起六嬸，說六嬸喜歡大理花，也喜歡細葉雪茄。伊不識花草，我解釋，大理花花瓣宛如絲絨，花形團圓一派喜氣；細葉雪茄植株低矮，葉細花小，十分謙遜的模樣。大概六嬸也並無特別偏愛，只是偶然聽她誇過，我便覺得大理花是母親的花，細葉雪茄也是母親的花，日後不管走到哪兒，看到母親的花便格外感覺到親切，內心因此而柔軟。

伊坐電腦桌前上網查花典。平日裡伊常把什麼火象風象掛在嘴上，朋友初識總要探問星座當談話頭，很容易與人打成一片。這時伊告訴我，大理花的花語是華麗、優雅，細葉雪茄的花語查不到耶，就用你的話說是「謙遜」好了，這麼說來，六嬸的個性很衝突喔，既華麗又謙遜，是嗎？

你說什麼啊傻蛋，我輕拍伊的後腦勺，一個物件對應一個事件，一個象徵對應一個命運，工工整整，這是作文不是人生。伊沒跟我分辯，沉默，我自身後環抱，在伊耳邊輕語，想什麼？伊回答，我想認識你母親，你的家人。

六嬸就是我的母親。

我叫母親六嬸、叫父親六叔，現在是很可以輕易對人提起，與兄弟對話，若用的是母語，仍稱六嬸六叔，若出之以普通話，則改口媽媽。但有很長一段時期，這是內心底一個難以對旁人展示的瘀傷。媽媽、老母、卡桑……明明有很多選擇啊，為什麼我用了一個難以啟齒的稱呼？如果對人說起，則是以祕密交換祕密、友誼交換友誼，打勾勾、蓋手印，噓，不能說出去喔。

小孩是最天真無邪卻也殘忍不知道底線。曾與同學拌嘴，對方終於不跟我對話，而把聲音向四界放送——他是個沒有媽媽的小孩，他只有六嬸，他沒有媽媽。我感覺受辱，掩耳不願聽。

經過了許多年許多事，有一天突然意識到，於我，這一切都雲淡風輕了。伊回我，本來嘛，虧你還是個讀書人，那句話是怎麼說的？玫瑰，嗯，對了，玫瑰如果不叫玫瑰，它還是一樣芬芳。伊用蹩腳台語窘我，冊攏讀到尻脊骿去囉。

人家怎麼說你就怎麼信啊？我存心與伊鬥嘴，「你們的名字對你們亦然／你是否真的以為它不過是兩三個音節／此外即無意義？」沒聽過惠特曼這幾句詩嗎？屁精、玻璃、兔子、娘砲、半陰陽……長久以來我們所要對抗的，不就是這些污名？

所以我們走上街頭，亮相於光天化日之下，從世紀初四五百人自公司（台北新公園）走向西門紅樓，到新世紀第二個十年伊始，四五萬人集結於凱達格蘭大道，最高國家機器前耍妖作怪。我們走過公園路，走過中華路，走過仁愛路，走過信義路，走過忠孝東路，走過敦化北路……走進人們狐疑的眼光，鄙夷的眼光，理解的眼光，溫情的眼光，這是一場最富創意街頭運動，裝扮扮裝，七彩繽紛，愛、笑容與擁抱，宛如嘉年華。

六嬸，我佇台北無烏白來喔。是六叔給我的臨別贈言，為自己的決定負責，為自己的命運負責。性向從來不單是自己一個人的事，連通管一般它與整個族群互通聲息。

那，你會跟你的母親說你是嗎？伊問。我沉吟片刻，搖搖頭。難保不會我出櫃了，卻讓六嬸關進櫃子裡。和更年輕一代往往無所畏懼不一樣，我自己花了多少時間才接納自己，不敢奢求旁人無條件的愛，即使她是我的母親。伊又問，你不會感到遺憾嗎？遺憾啊——人生嘛，沒有一點遺憾的就不叫作人生，失去的與得到的，加加總總若還能是正數，就不能說老天虧待了。

其實不管你有沒有說，做媽媽的全都知道喔。伊說。

有一年除夕，我終於帶伊回竹圍仔。伊敢毋免圍爐？六嬸問。我編了個謊言：昨暗小年夜圍過囉，講想欲來咱下港，就佮我作伙落來。六嬸嘀咕，過年無參厝內人作伙，安敢好？又自言自語，咱彰化有啥好耍的？心裡思忖著，轉身去貼春聯，一會兒後對我說，汝會使帶伊去八卦山行行，看大佛、食肉圓，抑是去鹿港拜拜，龍山寺、媽祖宮攏好。

飯桌上六嬸勸飯勸菜，食雞起家，食魚年年有餘，幫伊夾得一碗山尖。我說吃不下就放著吧，伊卻滿臉笑地吃完它，那種滿足的神態好像馬上可以再來一頓。飯後六叔六嬸發壓歲錢，也各給伊準備了一份，伊推辭，我說收下吧，還沒娶老婆的都是小孩。六嬸移開目光，低下頭去壓平紅包袋上的摺痕，把話說得很淡很淡好像只是不經意隨口提起，六嬸說，汝啥時陣欲娶某？

翌年除夕，伊又隨我返鄉。大年初一清晨，稻埕裡有人說話，我起身，隔著窗玻璃看見伊提著水桶跟在六嬸身後，六嬸正一瓢瓢地為花草澆水。伊好慇懃問六嬸這是什麼花。六嬸說，我嘛毋知，我攏叫伊刺仔花。那是麒麟花，一身刺。這又是什麼？六嬸說，之是香花。那是樹蘭，花小如芝麻，香氣馥郁。這呢？伊繼續問。六嬸大起膽子回答，之是大紅花。那是大理花，幾朵圓團團、紅豔豔的花朵正掛在枝梢呢。看來叫什麼名字，有時候真的並不那麼重要。

後來兩人停步在一盆細葉雪茄前，伊還未開口，六嬸搶先說了，之我毋知喔。伊說，我知我知，這叫細葉雪茄，細是細小的細，葉子的葉，雪茄啊，嗯——伊做出抽菸的動作。窗後的我噗哧一笑，看見六嬸也笑了，伊也笑了。我們三人都笑了。六嬸說，汝哪會知影？用的是問句，而其實僅僅只是誇伊懂得多，那傻蛋卻用手指比比我的房間，他教的。

隔一年，只剩我孤伶伶一個人回竹圍仔，行李裡有支水壺，白鐵材質，圓柱體，壺嘴細長如吸管，造型簡約俐落，現代感十足。我將水壺交給六嬸，說是前兩年來家裡過年的朋友從日本買回來送她的。六嬸接過水壺，說，咨爾幼秀我哪會曉用。又說，伊今年哪會無佮汝轉來？我連說謊的力氣都無，只回說伊無閒。六嬸上上下下看了看手中的水壺，抬起臉來看著我，對我說，汝愛對伊較好些。

這句話，六嬸在心上琢磨多久才說得出口？我卻背對著她，任她自己一個人去面對。

我喔了一聲表示聽到了，裝作若無其事走進稻埕，蹲到菜畦邊沿。地面有一道道微微破裂的痕跡，百合新芽自地底深處萌發，頂著的泥土又乾又硬，倒像是被壓制住而非即將冒出頭。我不經心地，信手掰去一片片泥土，一不小心便弄傷了芽眼，留下一個個潮濕的傷口。

身後響起輕輕腳步聲，緊接著人影子靠近，似有遲疑。也不知因為情傷或更多地，六嬸的理解，我的眼眶蓄著兩泡淚水，愈發將一張臉埋在雙膝之間。人影子稍作停佇，隨即掉轉頭悄聲離開。是六嬸嗎？面對這些掙扎著要冒出地面的新芽，六嬸會怎麼做？

良久良久，日頭曬得我脊背隱隱發疼。我聽見遠遠地六嬸自裡屋喊我，去把手洗一洗，來幫我貼春聯，毋識字，寫啥物我攏看無。

相思炭

爺爺去世後，就再沒有人提著相思炭小火爐在前引路了。

天還大黯，第一盞屋燈透過窗櫺在稻埕上映出一方方小格子，接著有低低的細碎的叫喚在各個角落響起，第二盞屋燈、第三盞屋燈接續亮起，誰也不願落了後，讓人譏他懶。

再爭先，也比不過爺爺，他戴上工作帽，穿鐵灰色襯衫、長褲，衣裳都是剛漿洗過的，乾乾淨淨，不如此無以表現內心的慎重，卻都是舊的，手肘、膝蓋有幾張補丁，這樣，待會兒勞動時，不怕髒，才不會礙手腳。

爺爺蹲在稻埕中央，月光為他打第一道光，生出第一隻影子，四周家燈再為他補光，讓他印堂發亮、鼻尖生輝，皺紋阡陌被撫平；他擊碎相思炭，撕一張舊報紙餵進火爐子裡，劃一根火柴，爐裡先冒出一縷白煙，火光隨即轟然，不久，又隱去，爺爺呼呼吹兩口氣，炭就點著了，在爐裡睜著星星點點的紅光。

爺爺生爐火的本事這樣行。這樣行的生爐火的爺爺的本事，後來只用來為他自己熬中藥，這時爺爺卻不得不認輸，他眨巴著一雙迷離的眼，說，不行了，老了，連火也生不起來了。

稻埕上，男人拿來的鋤頭、圓鍬、鐮刀，全集中在一塊兒，看來是要起義的模樣，女人提籮和扁擔，籮裡裝一陶碗又一陶碗的乾貨，白煮蛋、小芋頭、白飯……爺爺就站在他的火爐旁點名，先點各房家長，再由各家回報，孕婦不必同行，學齡前的小孩留在家中，奶奶過世前由她看顧，奶奶過世後，由爺爺指派婦人留守。睡懶覺的，「去叫起來，做人父母，莫過分愛寵。」

出發了，男人拿起鋤和鍬，小孩握鐮刀，女人單肩挑籮，爺爺則提著他的小火爐在前引路。很有默契地，腳步或快或慢，沒人超過爺爺走到最前頭。

一年沒有上墳，野草太猖獗，農家改了水道，四界又多出許多新墳，每年清明都要走一趟的墳地，一看之下，眼生得很，大家憑著記憶指東指西，年輕力壯的男人權充斥堠，四處探看，找著了，才發現原來添了左鄰右舍，頂上有了新住戶，把舊墳擠到地下室裡去。眾人繞墳前行，小孩是猴，東闖西竄沒半點規矩，母親們出言制止，別踩著人家的墳頭往前吶。

墳上的野草要除，墳前的院庭要清，墓碑歪了要扶正，小土地公早已傾頹，撿一塊磚、搬一個石頭，也就算是有模有樣了。大致理出個眉清目秀，就「掛」墓紙，先捏團泥巴把墓紙鎮在碑上，再在土墳上一列列扎進像插秧。

新墳要祭拜，炷香點上遞給爺爺，他喃喃地說起話，那嘴角、那眼神，不像祈願，倒像兩個男人之間的義氣：此事說了就算，莫要反悔。拜祭完畢，燃起鞭炮，早有一長排男孩等在墳前了，他們在「揖墓粿」，本來施給的都是糕粿之類的食物，後來，每見施以糕粿，人龍一時便都散去，他們要的是現金，一元銅幣、五元鎳幣後來也不能滿足，十元鎳幣甚至紙鈔才讓他們覺得值得花時間排隊。爺爺並不鼓勵也不反對我們去「揖」別人家的墓粿，但是明言，既已排隊，則不能拒絕人家的任何贈與，不管是錢幣或是糕粿。

墳地整理好，已近中午，回轉家，各房將熟食端到廳堂大圓桌，招待遠地返家掃墓的親戚，男人主桌、女人旁桌，小孩子添飯撿菜後隨人四散吃將去。

爺爺去世後，不只小孩，大人也都四散，不再有人在前提著一小火爐相思炭，藉著一點星星之火把大家攏聚在一塊兒。墓還是掃，各掃各的，兩兩三三。……莫說整個時代都隨爺爺的去世而逝去，就算爺爺不走，時代的腳步也是挽留不住的。

殘局

市川準導演的《坂本龍馬，他的太太和她的情人》裡，維新志士龍馬十三周年忌前夕，覺兵衛奉命前去勸說龍馬遺孀阿涼在紀念活動中露臉；覺兵衛來到阿涼改嫁的金兵衛寒酸的屋宅，空無一人，只有蟬噪嘎嘎不休；金兵衛不久後返家，這個瑣瑣碎碎的男人向來客炫耀起了，他和阿涼雖然沒有育養小孩，但是這個夏天共同飼了一隻蟬，還將牠命名為明太郎，當天正是明太郎長翅膀的日子呢。

金兵衛並不知曉，蟬噪讓人心煩，覺兵衛在他回家前，已經一劍刺死了那在空中舞飛的明太郎。

電影看到這裡，我驀地又想起了幼時曾經養過的蠶蛾中的一隻。

小時候大家都養過蠶吧。每年春天不知從哪裡拿到的一窩蟻蠶，套在火柴盒裡帶回家，天天守著，似乎看得見牠們日夜都在趕路那樣地抽長，一開始灰燼一般布滿一張小桑葉，很快地一整個掬水軒空餅乾鐵盒也幾乎不夠住了；隨著軀體逐漸肥大，食量更是驚人，天天這裡那裡找桑葉，偏偏全天下小學生同時都養起了蠶；看見我發愁，偶爾地父親、常常是母親下工，會自口袋掏出一疊桑葉交給我。

父親性格浪漫，帶著遊戲的態度，像是我的同謀；他曾經作稽後返家，小弟問他空拳頭裡窩著什麼，他要小弟把眼闔上、嘴巴打開，便將掌中物什往小弟嘴裡倒，小弟呸呸吐出，原來是一條小菜蟲；小弟氣得猛捶他，父親哈哈大笑，一把將小弟扛上了肩頭；或是我看父親嚼檳榔，問他好吃嗎，他說好吃啊你要不要也吃吃看，說著掏出一顆交給我，我學他將檳榔拋進嘴裡，一咬——哇！辣得我兩隻眼睛噙著淚水瞪他。

母親不一樣，她時時感受到生活的重軛，因此遞給我桑葉時不免夾帶幾句叨念，我向她吐吐舌頭作個鬼臉，忍不住開心，到稻埕裡打一桶井水一片片清

洗過後再一片片拭乾，免得蠶寶寶吃了拉肚子。

一日日，蠶寶寶鮮潔肥壯終於到了頂點，身軀逐漸轉為透明，同時吐絲把自己封進繭裡，這時候只能等待了。稻埕角落的木芙蓉自開自落不為誰美麗，青蛙嘓嘓蟋蟀唧唧牠們怎麼不會誤認了彼此？……蠶繭似有動靜，繭上先是被濡濕一個小圈，蛾便破繭而出，雄蛾雌蛾互相找尋，尾部緊緊黏在一起。老師說，牠們在交配。鄰居大哥啐道：「ㄟ豬哥啦，講得這樣文雅，能有什麼不同？」他嚼著檳榔，張闔兩片豬肝紅的嘴唇。阿公淡淡回他：「不要跟囝仔黑白講。」

交配後，體積較小的雄蛾很快死去；雌蛾腹部飽滿，有秩序地一顆顆排卵，排完卵後疲憊不堪，落花一般，枯葉一般。

我曾把一顆蠢蠢欲動的蠶繭放在門檻上，一邊做著家庭代工一邊觀察，繭已被咬破，蛾就要現身；誰知這時鄰居大哥自稻埕走來，啪吖啪吖，一腳踩上門檻，把蛾踩得泥爛，我哇啦哇啦痛哭起來。阿公說：「袂使踏人家的戶橂，不知道嗎？」鄰居大哥好無辜：「踏個戶橂這樣嚴重啊？」知道緣由後，趕緊返身離開。一會兒後出現，他捧著一個餅乾盒，盒裡數十隻蛾任我挑。「我要我的那一隻啦，我要我的那一隻啦。」阿公聞言，低聲道：「恬恬（閉嘴）。」

後來我常想起這件事。

有一年暑假到某大學文藝營講課，旅館裡瀏覽了收錄於營隊講義的山田詠美〈海苔壽司卷的兩端〉，又想起了那死在門檻上的雌蛾。過兩日，當我再把文章讀過一遍後，發現竟然沒有任何通往這件往事的線索。或許只是閱讀當時的浮想聯翩？也或許是旅館外叫得至死方休的蟬分散了注意力？甚至我還將作者記錯了，是向田邦子。我的記憶力趨向兩端，某些場景某些氣味、光影晃動，在腦海裡如年輪般歷歷分明；另一方面，張冠李戴，橫生枝節，無性繁殖，因此我一向不倚賴自己的記憶。

向田邦子在另一篇散文中引述了一個故事。一名長年漂泊海上的船員總是對夥伴提起一件微風往事：在故鄉小鎮一家蔬菜店和魚店之間有家小店，販賣外國地圖和富有異國風味的物什，少年船員常流連不去。這名船員有一天終於回到了故鄉，他等不及地去尋那家小店，卻發現哪裡有一家店開在那裡，那裡只有一個僅僅容得下一名小孩蹲坐的牆縫。

記憶之為物，往往也就像那個在蔬菜店與魚店中間的牆縫吧。

不過《坂本龍馬，他的太太和她的情人》中，覺兵衛一劍刺死明太郎一幕確信不會記錯，因為作了筆記；不過「養蟬」不比「養蠶」，「若蟲」在地底短則一年如葉蟬、長達十七年如十七年蟬，到了成熟期，傍晚時分鑽出地表，爬上樹幹或枝椏，羽化為成蟲；電影裡金兵衛說他和妻子阿涼一起養著明太郎，並且將要目睹牠長出翅膀。我看著覺得很可疑。

李安以《斷背山》橫掃各國際影展後，回到母校台藝大演講，我曾在編輯台上讀過逐字稿；在冗長破碎但不時有靈光閃爍的文字中，有兩件事我記住了。套用魯迅的話說，「一件是關於做戲的，還有一件也是關於做戲的」，不過第一件我拿它來做人，第二件我拿它來作文。

李安說，對不喜歡他的電影的人，他會試著溝通，但到了某個程度他就放棄了，「我不可能討好他們，也不需要討好他們」。

李安又說，對呈現在銀幕上的一景一物他都抱著考據的態度，並不以成為該領域的專家為目的，而是把力氣用到剛剛好，不少也不過多地，達到信實、沒有破綻的程度。他說：只要夠用，只要能夠分辨什麼是好的、什麼是壞的，什麼是在銀幕上有效的，什麼又是做白工，這樣就可以了，「最終人家還是看演員演技與故事，人性的共通點、戲劇性」。的確，也有以「養蟬」作為一門謀生技能的，但是在屋裡養著一隻蟬，為牠命名，抓準了時間要看牠長出翅膀，市川準這樣拍，是稍嫌浪漫了。

也是在編輯台上，讀到「蟬蛻」是一味中藥，這是早就知道的，小時候曾到處收集，賣給隔著一大片稻田與老家三合院遙遙相望的春生堂中醫診所，它知名到甚至連紅極一時的台語片演員矮仔財與大箍林琳都不遠千里前來。文章還提到，蟬蛻治喉嚨沙啞，這倒是先前沒聽說過的；鳴蟬治啞聲，真是太有意思了。不過作者以為那是蟬死後遺下的屍體，不對不對。李安做戲哲學第二點在這裡派上了用場。蟬蛻是「若蟲」的殼，「金蟬脫殼」的殼啊。

來不及排卵便被踩得稀爛的蛾，來不及交配便被一劍刺死的蟬，漫長的準備在一瞬間變成徒勞。少年時讀鹿橋《人子》，書裡有個短篇，小白花期待屬於她的那個早晨的到來，她養精蓄銳要以全副力氣在那個早晨綻放自己；結果等來的，卻是個陰雨天。她只能以一朵苞蕾的形式死去。這是我所讀過的，最殘酷的寓言。

惡戲

暴雨來襲，造成大災害前夕，幾個男大學生窩宿舍打牌。他們的賭注是，輸的人要打電話進電視台風災叩應直播節目；牌友錄下叩應實況，上傳網路，長相清秀男學生嘻嘻哈哈說：我們這裡風很大，可是我要的東風怎麼還不來？

就在那幾個大學生耽迷於惡作劇的同一個時間剖面上，我杵螢幕前看達頓兄弟導演的《孩子》，靠著偷竊與銷贓混日子的大孩子布魯諾，宿命般地將念頭動到自己的親生孩子身上。他背著女友將剛出生九天的男嬰推到街頭無人角落，等待買家與他聯繫。下雨天，無事可幹的布魯諾走在路緣泥濘地，無意識地踏著水窪，突然，他發現一個好玩的遊戲：往前跑去，一縱，將鞋底爛泥印到屋牆上，一遍、一遍又一遍，直到玩膩了，牆上已是一片髒污。

我按下暫停鍵，這場戲撩撥著潛藏在我心中的什麼，試著於記憶裡尋找卻一無所獲。但明明它就像客人來訪，門板已被敲響。

只是好玩罷了。但看在旁人眼中，這個遊戲帶有一抹惡意如淺淺的底色。有了。時間推前（卓別林式默劇也許會有一面大鐘，時針逆轉由緩而速而如漩渦；曾經的小叮噹，哆啦A夢則只須自口袋掏出時光隧道這一樣法寶），國小三年級吧，一個假日傍晚，跟著就讀高年級的大哥的同學，來到他們的課室；不知怎麼地，後來一夥人開始朝牆壁丟起粉筆，好像那裡有一個靶心，幾個人玩得面色酡紅好興奮。不料，第二日上課間，大哥跑來傳喚了我過去（看你幹了什麼好事，他嘀咕），站在牆上斑斑點點紅色的白色的黃色的印記前，大哥的導師問，為什麼要玩這種無聊的遊戲？我臉色刷白，低頭如傘柄倒懸，張嘴吶吶一句話都說不出口。

只是這樣啊？我懷疑記憶瞞著我，過濾掉那些我所不願或不敢面對的經歷，保護著我似地只洩漏了些無足輕重的線索。

接下來一周，報上有讀不盡的災變消息。那幾個大學生則遭網友惡咒，人肉搜索，公布他們的姓名他們就讀的學校科系他們的部落格，乃至於更私人的細節。當事人在網上貼文道歉，但花更多篇幅為自己辯護：事情發生當時，災害尚未釀成。

而我，某些空檔，搭捷運通勤時，站在蓮蓬頭下任水柱沖刷時，躺床上讓音樂穿過但不停駐……我潛進記憶的倉庫翻箱倒櫃，相信自己有耐心便能夠找到那個什麼（唉，記憶也該有個Google。但是應該鍵入什麼關鍵詞？）。

來了（楚留香摸摸鼻子，金田一偵探抓抓頭髮，一休和尚將手指沾上口水在頭上畫兩圈），東風來了。

某個暑假午後，熱得連蟬都噤了聲，野狗趴在樹蔭底大口大口喘氣，竹圍仔的父親母親們在販厝工地揮汗，阿公阿嬤則睡午覺中，一個個小鬼頭光著腳底板走出自家稻埕，在一名已經升上國中的囝仔王帶領下，田間野地裡晃盪。

我們手上握著棍棒，一路撥動叢草，驚得青蛙躍入河溝、蚱蜢跳上天空。我們發現瓜棚下懸吊將熟蔭瓜，便用蠻力扯下，在大石頭上砸破，囝仔王先吮吸一嘴瓜瓤，再挨個遞下一人一口，甜熟的氣味隨風飄散。領頭的囝仔王一聲令下，一個個脫去上衣，噗通噗通投進水圳，游泳，戲水；一條小草花蛇在水面蜿蜒疾行，想要逃離這個混亂場面，忽地有同伴敏捷自蛇尾巴一捏，手往上抬，小蛇便頭下尾上吊在半空中。大家高聲歡呼，朝他潑水好像獻花。

上岸後，人群圍成一圈，小蛇被用力甩在圓心已然奄奄一息，但仍不忘本能，東逃西竄都不能如願，每一回牠的失敗反而將遊戲推向更高潮。終於，「啊，不會動了呢。」語氣裡有種遺憾，眾人頓時失去熱情，顯現出疲態。為了再度激揚情緒，有人出聲提議將小蛇塞進田畦間美濃瓜裡，有人附議，從口袋掏出摺疊式小刀，在美濃瓜上挖出一個洞，將小蛇填了進去。

既已找到第一樁惡戲，緊隨著它之後就是纍纍的一串了，比如抓來金龜子，或用母親的裁縫線綁住一隻腳，任其營營嗡嗡飛去好像放風箏，或是拔掉牠的一隻腳，以細竹枝插進那個暗黑孔洞，金龜子遂在頗有彈性的竹枝末梢東搖西擺；我們也擅長拿水灌蟋蟀洞、在鼠穴前燃草，用水用煙逼出蟋蟀和田鼠……這些事長期以來都被用田園牧歌式的抒情看待，卻全是現在的我不忍心做的。

孩子的遊戲多半帶著殘忍的本質，遊戲的殘忍多半帶著孩子的天真；或許這其實是人性一部分，本來無關善惡，但是我們將它命名為「惡」，惡遂無所不在。

儘管如此，我仍想自我辯護。記得更清楚的是，鄰居伯母在地上擺一盤糯米，用膝蓋將雞壓制住，雞脖子上拔光一處毛後，拿起菜刀一劃，鮮血噴濺到糯米上。自始便蹲在一旁的小小的我，注視著這個華麗的儀式，不知不覺間冒出「啊，又一個生命這樣沒有了」，一向疼我的鄰居伯母轉頭，轟我「出去出去」，口水濺上我的臉。但是，在那個夏日午後，我的確是惡童中的一名；只要我有某個瞬間的慈悲，小蛇便有機會長成大蛇。

暴雨來襲，災害持續，以抄家滅族的態勢，許多小孩不再有機會長大了；如果真有一個無所不在、無所不能的主宰者，會不會這只是一次祂失手的遊戲？

記得幾個名字

位於老家我的房間床頭擺著一隻薄木板釘成的箱子，那是自爺爺的遺物裡搶救下來的，灰撲撲一隻木箱子我拿嬰兒油摩挲日久，終於浮泛赭紅光澤，薄漆底若隱若現著木頭的紋理；箱子裡滿滿裝著的是師長朋友寄來的信件、卡片，還有鼓脹脹一封封退稿。

所有寫作者都有過遭退稿的經驗吧?!

作家夢的種籽是很早就埋下了。爺爺是鄰長，有一份免費的《中央日報》可以看，每天早上穿一身綠的郵差踩著腳踏車，遠遠地當他現身於田間小徑時，學齡前的我便站到大門口等著，接過報紙、傳單，交給爺爺。爺爺將報紙攤在簷廊底，就著天光讀報。爺爺不懂普通話，文字經過轉化，讀出口的是優美的台語，我聽著，似懂似不懂；倒是很有興致地為《白朗黛》四格漫畫配上自己的想像，似不懂似懂。

看報成了一輩子的習慣，哪怕人在國外面對陌生文字，仍煞有其事每日買一份當地報紙，一日結束之前，坐床頭一頁翻過一頁，紙的質感，翻面的輕響，油墨的氣味，文圖的美，與世界的超連結，撫平鎮日東奔西跑的心緒；看過後，撕下幾頁似有感應的版面，攜回夾檔案夾裡，日後再度翻閱，旅行的經驗旋即被喚起。

學生時代教過我的老師的名字，是年代越久遠的記得越清楚、感受越深刻。讀大榮國小，一年級導師是吳素蓮老師，擅長跳舞；二年級李麗珠老師，曾在朝會讓校長胡亮指責管不住學生，而於朝會結束回教室後，全班同學陪著她一起掉眼淚；三年級張金珠老師似乎有點兒嚴肅；四年級李娜娜老師在調離他校後，我曾和幾名同學一起上市區找過她，她帶我們到育樂中心看成龍的《快餐車》，進戲院前還是明晃晃的天色，出戲院時一片昏暗，我大感驚訝：哇，天黑了耶！

國小五、六年級的導師是黃天壚。黃老師是學校裡的才子，負責訓練學生參加國語文競賽。小學校裡機會都給了考試分數高的學生，也參加注音比賽，也參加書法比賽，漫畫比賽，寫生比賽，朗讀比賽，演講比賽……好像無所不能。黃老師集合一批學生訓練作文，從背成語開始，同時校正讀音：源埤里不念源「卑」里，要念源「皮」里；李娜娜不叫李「納納」，而是李「挪挪」，婀娜多姿的娜。黃老師是我的文學啟蒙者，許多年後我在省政府舉辦的一項徵文得獎作品集裡讀到黃老師的文章，寫的是他的故鄉，用了大量成語。

作著作家夢。升國中那年暑假寫了個故事，是個童話，主角依稀是隻天鵝，謄在六百字天鵝牌稿紙上，循著報頭下地址寄到從小又讀又剪的中央副刊。我的投稿初體驗。稿件寄出第二天，編輯還沒收到吧，便盯著副刊找自己的名字。可是不幾日，一個傍晚返家，母親正在灶腳忙著，隨手遞給我一封信，一摸，厚厚一疊，立時明白了什麼，臉都燒起來了。丟臉極了，覺得丟臉極了，第一個念頭是銷毀它。只要它不存在，退稿這件事就不曾發生過？我揣著一疊稿紙，坐到灶頭，背著母親刷地把稿件連同信封給擲進灶膛裡，轟地一聲火舌吞噬了它，眼前一片艷烈。我的退稿初體驗。

升上和美國中，一年級，美麗的女老師嫁給小鎮上的牙醫，不久後懷孕請假，代課的是年輕的謝芳草老師，她告訴我：王盛弘，你的論說文寫得很不錯呢！代課期滿前她送我一本散文選集，我珍惜地讀著。二年級教國文的是鄭芳美老師，開朗、活潑，她收集作文簿裡的佳作，教我們手寫、影印，手工製作了一本刊物，取名《新苗》。鄭老師說你們都是剛萌芽的新苗，假以時日將會變成大樹；鄭老師還慎重對我說，王盛弘你喜歡寫作，以後有機會到車站去觀察過往行人，為他們作文字速描，等你寫滿一百個人，你就知道怎麼寫作了。

這些老師的名字我常想起，怕一不想起就會遺忘了那樣地，時時在腦海裡走馬燈似地跑一遍。寫作於我，有一部分就是這樣的心情吧，當它是個保險箱，封藏記憶，苦過甜過哭過笑過所有經過，有一天我再也記不住任何事了，它還在，證明我曾活過。

以555.5分考進彰化高中，一開學便注意到第一屆彰中文學獎正在徵文，我賈勇投稿，竟一舉獲得散文與新詩兩個獎項；彰中文學獎每學期舉辦一次，高中三年，我共有八篇文章得獎。那時候還頻繁在救國團主辦的《彰化青年》發表文章，竟使得我常收到縣境高中、國中女學生讀者寄來的信件。坐井觀天，一時躊躇滿志。

後來回顧，發現當時寫的都是作文，離創作還很遙遠；不，不只是遙遠，甚至走岔了路，循著那樣的途徑，怕是永遠抵達不了藝術的國境。

高中畢業後，離開小村小鎮小城市的庇護，於台北大都會闖蕩，開始將文章投到全國性報紙副刊，在黑暗中漫舞地，以著矯正中學作文的決心，讓自己歸零。歸零，成了日後我面對創作的基本態度，視自己為永遠的新人，自我摸索，自我鍛鍊。這時候時有小品文見報，但更多的是退稿。住輔大理二舍，舍監將來信按房間編號投遞在一樓大廳牆面；還是手寫信件的時代，與朋友通信通得勤，進出宿舍瞄一眼信箱，時有所獲。從信封的樣貌與厚薄，便能確知是私人信函、剪報或退稿。

不再有國一時燒了退稿信的心虛，因為明白了剛寫好稿子總是情緒熱烈，不能客觀分辨作品良窳，幾日後退稿，熱烈的情緒已漸趨冷卻，回頭再讀作品，便能從讀者而不只是作者的角度檢視，看出許多缺失與不足；日後當我從事副刊編輯工作，則又加增了一個編輯的眼光，一個人綜合了作者、編者、讀者三重身分來看待自己的創作，心平氣和許多。

檢視退稿，有能力立即修訂的，則刪刪改改，再投到另一份報紙；沒能力立即修訂的，則收進抽屜，日後再看，也有值得就同一主題另起爐灶的，不過多半事過境遷，不解自己當初為什麼有為它寫下文字的衝動。這樣的訓練下，雖然我的個性有點兒急躁，唯獨對於寫作略有耐心，我靜靜等候，等候成熟時機的到來，某些題材懸在心頭，半年、一年，甚至好多個年頭過去，有一天當某個事件發生、某個靈感充滿，我知道，可以下筆了。

對於初習寫作者，我總感覺到，不能怕「眼高手低」。不應該屈就於技藝的笨拙而降低審美品味的標準，而應該反過來，琢磨自己的能力，力求趕上高蹈的眼光。如若眼光低狹，那是一輩子都讀不出更寫不出有價值的作品。

大四時搬到校外，住泰山明志書院後方山坡下老公寓裡。同住的是幾名有趣的室友，學姊賴秀美迷糊而善良，有一回她房間傳來巨響，我敲門，她瞇著睡眼來應門，不好意思告訴我，她坐椅子上打坐，結果睡著了，跌到地板；另一回，她初出社會，不能適應職場生活，想要請假而苦尋不到理由，結果大冷天裡她沖涼水澡又躺到後陽台鐵窗上故意著涼，這才名正言順請了病假。另一名室友林其蔚日後出版了《超越聲音藝術》不同流俗的書籍，他頂著一頭蓬鬆亂髮，說起話來先呵呵兩聲笑，又低沉又緩慢，明明長相清秀，卻透著幾分怪異。即連房東也憨得很可愛，他想漲房租卻不敢說，硬是喝酒壯膽才開得了口。

那時候情感格外蓬勃，凡事都有觸動，往往白日裡有所感，晚上回家便窩進和式小房間裡，伏在女同學借我的矮茶几上，先用鉛筆在筆記簿上寫下完整初稿，再謄到六百字天鵝牌稿紙上。完成時已是午夜，附上回郵信封，封緘，走出房間，其蔚看見了便對我說，呵呵，文學家要去作例行的夜間散步了。

一直到現在，每在夜裡完成一篇文章，我總是出門，投入夜色，散散步。

記憶銀橋

記憶是不可靠的，它任情感揉捏，是水，也可以是霧，或是結晶，地面的河流、天上的雲朵、極地的冰山。

我的記憶裡有一座橋，確確實實一座橋，無可虛擬。它位在我的故鄉遠近知名的八卦山山腳下。八卦山上的大佛，黑黝黝法相莊嚴，據說是全世界最大的座佛。若不是世界最大，也是亞洲最大。若不是亞洲最大，也是台灣最大。若不是台灣最大，也是我的心中最大。祂在每個鄉人的成長記憶裡，占有重要的地位。

曾在台北，翻報紙，看到一則消息，說是黑色大佛要改漆成金色。我皺皺眉頭。不只皺皺眉頭，我想提筆寫一封信給決策者，告訴她，我不喜歡我的記憶被強迫變色。雖然我離開故鄉的日子和在家鄉的年少時光已經一樣長了，但我仍覺得我應該為我的記憶說說話，仍覺得我有權利為我的記憶說說話。

可是，我什麼都沒說什麼都沒做，只是皺皺眉頭。

銀橋位於山腳下，開車的人、騎摩托車的人，壓著平順又敞寬的卦山路疾駛而上，只有走路的人才會慢慢地拾著階梯往上爬。爬一階數一階，如果我一個人徒步上山，我就這樣爬著數著，好像一頁頁翻著自己的心事，或像撿地上的落花，羊蹄甲、黃槿之類，撿一朵數一朵，輕輕握在手掌中。如果我是一朵落花，會喜歡有人這樣珍惜我。那時候，心很柔軟，很容易有皺褶。

有一回我坐在階梯上畫畫，畫遠遠的隱隱約約躲在羊蹄甲、黃槿或相思木之類樹木之後的銀橋。近處有兩個乞丐，身前擺一隻破陶碗，穿著灰撲撲很破舊，就像古裝電視劇裡的乞丐裝扮。他們坐在那裡，並不悲苦，雖然嘴裡也喊苦，一句一句我聽不太清楚，唸歌一般，一種民間戲曲的氣氛。沒有行人時，他們鬥嘴鼓，你說一句我說一句，流暢得像相聲，聽起來挺快樂。

施捨的人很多，叮叮噹噹，也有給紙鈔的，捏得皺皺的一元、五元，或是篌新的十元紅色鈔票。破碗裡看起來豐收了，便將錢撿進「嘎記」（袋子）裡，碗裡只留下幾枚銅幣、鎳幣。

這是很久、很久以前的事情了，一九八〇年代早期吧，我還在讀小學。這些年我持續看到許許多多乞丐，但都沒能像喜歡那兩名一樣地喜歡其他的。後來遇到的那些乞丐，太戲劇化了，沒有了手沒有了腿，拖著個半殘的軀體在濕漉油膩的菜市場裡爬行，還一路播放哀淒的音樂，太儀式化了。並不是他們不再博得同情，而是我承受不了這樣的撞擊，只想躲開。

或者，只是心變硬了。

在另一回寫生比賽裡，我再度仔細觀察了銀橋。我很喜歡畫畫的，也跟著老師學過好幾年畫，但這已經是大學以前的事情了。半途放棄，真是遺憾。不過人生中遺憾的事情太多太多，這只是其中輕微的一件。

那一個寫生的下午，空氣潮潮的涼涼的，略有些霧氣，更把銀橋烘托得高大雄偉，好像橫跨著兩座險峻的山。拿畫框一裱，就能裱出一幅水墨畫，我一直試圖讓它在我的記憶裡保持這樣的形象。但其實，它更接近於結實敦厚，橋身爬滿了地衣和青苔，時間經過行人走過，葉子落了下來又讓風給吹起，翻飛到遠方，而它還是結實敦厚一座橋。

橋下的水流細細的淺淺的，幾名婦人臨河洗衣。你知道的，幾個女人聚在一塊兒，要她們不說話，除非心裡有了疙瘩。對話聲，咯咯笑聲，木棒擊打衣服聲，在山壁與山壁間迴盪，把場面攪得熱鬧、生動。我畫不出聲音，只畫得出藍色的天空有白色的雲，遠山是淡淡的青色，近山是濃濃的黛綠，灰色裡攙雜炭色是銀橋。我畫不出溪水的透明，但輕易點染出婦人身上的紅色黃色。

當然我畫很多綠樹。我從小就喜歡綠色，綠色的樹綠色的水田綠色的牛糞草叢生的操場。水彩顏料總是綠色的那幾條最先擠得扁扁的。出發比賽前老師叮嚀，你要多畫樹，你畫的樹格外有精神。

但是很快地烏雲攏來，涼風吹了幾陣，就下起雨來了。雨好大，好像有人拿著水盆傾倒，學生都撤退到馬路對面的一棟木造建築，日治時代就站在那裡了。我看著我的畫讓雨水給淋得濕答答，這下子真是名副其實的水彩畫了。

考上的高中就在八卦山上。輪到我坐窗戶旁邊時，夏蟬唧唧一響萬應的午後，老師，請，你不要再，開口，你，把我催眠得，快要，快要進入夢鄉，了。多半時候我張望著遠遠的大佛，心在更遙遠的他方，大佛任祂法力無邊也管不住我，我的心緒是連自己都管不住了。窗子突然被關上，有人站到身邊，抬頭一看，是老師。同學笑成一片，有人說，老師喊你好幾回了。老師沒有責備我，走回講台，繼續上課。

而我，低下頭，好專心地右手拿筆，畫我的左手，課本的空白處都是我的左手速描。

班上有三個好朋友，三個，好像都是這樣，黃文勇楊顏臨王盛弘，小學的三個好朋友，柳廣輝鄭飛鴻王盛弘，國中的三個好朋友，陳昭誠王盛弘加上T，高中的三個好朋友，下課後常膩在一起，說不完的話。

下課了，三個人騎著腳踏車到處晃，歌聲在風中飄盪，唱〈夢田〉，唱〈橄欖樹〉，唱「天上的星星，為何，像人間一樣的擁擠。地上的人們為何，又像星星一樣的疏遠」……也一起去銀橋，腳踏車停在山腳下，蹦蹦跳跳踏著石階往上，站到橋身，學武俠電影裡的大俠擺弄姿勢，一時之間真自覺得是個人物了。T說，陳昭誠你是無塵道長，王盛弘你是段譽，至於我嘛，嘿嘿，我是蕭峰。我們抗議，哪有這個道理，我們是出家人和書呆子，你自己當大俠！T說，好吧，那我們來比畫比畫，就知道誰是大俠了。

大俠是T，毫無疑問。我繼續當我的段譽。陳昭誠還是無塵道長。

沒能升上高二，大俠過世了。大俠沒能升上高二，過世了。過世了大俠，沒能升上高二。（啊，祂給我的辭彙這樣少，我要怎樣造句才能不把T和死亡連結在一起呢？）我們都去送了葬。開頭幾年也都相約在他的忌日或清明時節去掃墓。後來各自去了。再後來，我就沒再去了，甚至跟其他人也失去了聯絡。只在心裡常常想起T，想起陳昭誠，那些模模糊糊的臉孔，清清楚楚的記憶。記憶可靠嗎？這清清楚楚的記憶不知有多少是自我的情感中繁殖出來的。

記憶畢竟是可靠的，它對情感忠心。

黃氣球

儘管暑假裡拔高了幾公分，升上國中，按身長排座位，我還是落坐第一排，微仰著頭聽老師講課，趁老師不注意時，轉轉頭、鬆鬆脖子，跟鄰座的Ｍ交換一個微笑、幾句唇語：中午，買便當？（我做出扒飯入口的動作。）Ｍ點點頭，嗯。……而老師仍背著全班同學寫板書，粉筆落下，叩叩叩，好不鏗鏘有力。

偶爾傳來指甲刮過黑板的淒厲長音——有人摀上耳朵，有人趁機發起一場小小的騷動，另有一些同學失聰了似地不為所動，一仍專注抄板書，還有幾個鄙薄地睨一眼躁動的同學們，他們多半是班上成績較為突出那一群。和我們來自僻壤的野孩子不一樣，從鬧區明星小學畢業的這一群好學生，很早就意識到課業的競爭，其中幾個對於要讀哪所高中、大學將選什麼科系，都已經有了想像。擺在眼前的，是升上國二時的能力分班，綿羊一群，山羊一群。

老師回過身來，瞬時將手指間一截粉筆射出，我的目光追蹤不及，粉筆頭已經敲在最末一排正與鄰座窸窸窣窣的傻大個的眼鏡框，「噹」一聲彈落地面。課堂驀地悄無聲響，更襯得幾口憋在頰裡的笑蠢蠢欲動。老師冷冷發號司令：撿過來。傻大個一臉肅然，彎腰拾起粉筆往講台走去；他僵立老師面前，兩手伸出和身體垂直，老師抄起藤條，咻咻起落，咻咻，好像威脅已經逼到了我的眼睫，咻咻，咻咻——我輕輕閉上雙眼。

處罰完畢，傻大個回座前彎腰九十度，鞠躬，朗聲說「謝謝老師」，畢恭畢敬好像剛剛領受了恩典。

照例地老師又要重複又重複了不知多少遍的訓話了：你們以為我喜歡這樣嗎？我又不是變態，我這也是為了你們好……蟬聲唧唧叫得好響好響，聲音和聲音的縫隙有鳥雀啾啾，風吹過樹梢……不好好讀書，對得起父母嗎？馬上要分班了，進了放牛班，你們這輩子還有什麼搞頭……雲在走動，葉芽抽長，花

瓣啵地一聲掙破蓇片的拘束，我逃進自己的心象裡。

多半時候是無處可逃的：粉筆和板擦像安了衛星導航系統，準確擊中這裡那裡。藤條、電纜、熱熔膠條瞄準手心、屁股、小腿，或是敲在並排於桌案的指關節。巴掌當然轟在臉頰。木板拍打腳底板。拇指和無名指交扣，彈耳朵。青蛙跳。交互蹲跳。伏地挺身。跑操場一圈兩圈五圈十圈。半蹲，舉水桶半蹲，扛椅子半蹲。罰跪，脫得只餘一條底褲罰跪，「還笑？要臉不要臉！賤！」聽不完的威脅的話、羞辱的話，多半時候是無處可逃的。

有一回，個子比我還小，圓墩墩好可愛一名男同學，發考卷前在手心抹了白花油，「本來只打一下的，現在打十下。」測驗卷被拋在半空中，跌落地面。回座位後他兩眼清淚，把一雙手掌偷偷攤給我看：掌心紅紫，打裂了一處傷口。

另一回，國小同班一名女同學，放學後偶然在歸途遇見。兩人並排騎腳踏車，遠方一輪落日渾圓、血紅。她提起她的班導——也為我的班級授課的一名老師，上課前捧厚厚一落試卷在講台站定，陰寒著臉不發一語，突然狠狠將試卷往桌上一摔，碰地好像一枚炸彈爆發，「我們嚇得都快從椅子上彈起來了！」

至於我，僥倖地總能倖免於難的我，有次晚自習，班導師發考卷，叫到我的名字，語氣溫和，她看了看考卷，「聽說你哥哥成績很好？」毫無預警地她手起手落，甩了我一耳光，接著將試卷遞給我：「希望你再進步。」我看看分數，雖然沒有滿分，但無論如何那分數都算是好的。

可是M的成績不算好。不，M的成績算是差的。

中午，我與M到學校側門，那裡有校外自助餐店備妥的一箱又一箱便當，統一訂價，一盒二十八元。隔著鐵柵門學生像搶粟米的鴿群，錢遞出去便當拿回來。兩人朝操場角落踅去，坐樹下掀開盒蓋，互相交換一兩樣你愛吃的我不愛吃的。夏蟬已經叫起，鳳凰樹結飽滿的苞蕾，過了這個暑假就要分班了，M說：「我們成績差這麼多，以後一定不能同讀一個班級。」我想安慰他，開玩笑地：「那我以後考差一點就好了。」他兀自說著：「以後我功課不會，你還會教我嗎？」我點點頭，他輕鬆了起來：「我們是永遠的好朋友。」我用力點點頭，加重語氣重複他的話：「我們永遠都是好朋友。」

兩個人都沉默了。不遠的地方，微風拂過黃土操場，帶起薄紗般一縷縷微塵，很快回復平靜；兩隻麻雀一前一後落到沙坑裡，東啄啄西啄啄，嘴喙在沙裡鑽動，好似覓食或是洗浴，片刻後又一前一後飛走；國旗慵懶地貼在旗杆上，偶然隨風掀動，一下兩下，復歸於垂墜。永遠啊……我思忖著，永遠有多遠？

暑假過後，山羊一群，綿羊一群。分班名單張貼在教務處外牆，我尋到了自己的班級，一轉身看到人牆之外M也在探頭張望。一個暑假不見，我急向他打招呼，手都高高舉起了，話到嘴邊我突然噤聲。也許這不是一個好時機吧？

之後，有好長好長到也許逼近永遠的時間沒有看過M。升學班的課室就在校門口行政大樓，放牛班則發配邊遠操場一隅，當值日生倒垃圾時我途經邊陲這棟灰色水泥建築，不免駐足良久，想要看看曾經同班一年的M、傻大個和其他同學。教室裡總是鬧哄哄的，瘦小、斯文，在鎮上開了家小書局、教授公民與道德的老師站在講台上，無視於亂成搖滾樂的課室，自顧說著話；偶爾撞見他女兒，搽無色脣膏讓她的兩片脣常保濕潤瑩透，穿短短的藍色學生裙，短袖袖口摺起，單肩背書包，合身制服不畏懼地展示著發育中的身體，憑著這一點，許多升學班男同學背地裡叫她「太妹」。

然而，沒有M。

升國三那年暑假，放牛班學生多半打工賺錢貼補家用，升學班則如常進學校課業輔導，用厚厚的參考書，每在督學來臨前夕，老師命令將參考書藏在書包裡。我又拔高了幾公分，但仍坐第一排；個子高大幾名男同學，唇上長出短髭薄薄，臉上冒青春痘，聲音也變低沉了，一開口惹得大夥兒訕笑；上課鐘一響，一夥人認命地各自回座，身體低伏桌案如寫一個問號，氣氛肅殺。坐不住了啊我，假藉上廁所，輕手輕腳怕發出聲響離開教室。一離開教室，我輕快得就要吹起口哨了。

如廁後，背離著課室晃蕩而去。空闊的操場邊沿椰子樹站得又高又挺，好像再不可能更高了；老榕樹不知什麼時候蓄滿鬍鬚，好像不可能更老了；軟枝黃蟬經日曝曬一副懶洋洋，好像不可能更疲倦了。只有九重葛沿圍牆不斷攀爬，紫色花朵鬧得十分喧嘩，枝葉間夾纏一顆黃色氣球，還鼓著氣呢，它隨風一抖一顫卻無法脫身。我張望了好一會兒，決定前去解救這顆黃氣球。

突然地，我感覺到身後有人。一個，不只一個，兩三個，不只兩三個，我轉過頭去，五個人朝我走來。我馬上辨認出，其中有一個是M。一年過去，M竄長不少，已經比我高上半個腦袋瓜了。我望著他，他卻別開眼神（我們永遠是好朋友。曾經我們這樣許諾過），領頭的那個很不馴地瞪我：看什麼？他在我身前站定，右手中一根藤條輕輕拍打左手掌，藤條在半空中不斷畫出弧線。我愣住了：啊？他又問：幹，你在看什麼？說著欺到我身前像一頭獸低吼：我，說，你，在，看，什，麼——手中藤條一甩，咻！

這時候，原本一副漠然的M往前跨一步，擋在我和那頭獸之間。M粗聲粗氣問：「沒聽到嗎？我們老大問你看什麼。」我搖搖頭，結結巴巴：「沒，沒有。」「沒有？那還不走開；」M吼我而其實是催促我：「幹，快走啦！」他用力推我一把，我順勢跑了起來。身後傳出一陣哄笑，那笑聲像在追逐著我。

我往黃色氣球跑去，氣球夾纏在枝葉間，每次風來都將逃往天空，但都沒能成功。逐漸地，逐漸地氣球在我眼前模糊成一片黃，像隔著一扇雨天玻璃窗，我的喉間鹹鹹的，恍惚間聽見了誰的抽抽噎噎，一個十四歲孩子的哽咽。而我，我奔跑著，我要去解救黃氣球。

標點符號使用指南

老師站講台，粉筆拿手中，背對著你和一群小蘿蔔頭，沉思半晌，終於在黑板上空空空地寫了起來，她的體形削瘦，但還是遮住了你的視線。你斜倚身體是一支歧出的枝椏，伸長了脖頸又像在人群中察看榜單；還沒看到板書，隔壁同學便吱吱喳喳告訴你，是××啦！

（「××」只是代稱，也有人寫作「〇〇」，它可能是「我的志願」、「我最懷念的人」、「我最快樂的一天」，或是……）

（「……」是刪節號，通常出現在話有不盡的時候；時空交替的當口，也可不須多交代，一路點點點。）

你點點頭，謝過了同學，將清水注入硯台。老師轉過身來，明明謎底已經揭曉，她還要故作神祕，清清喉嚨，才敲敲黑板，對一教室的小人兒說這就是我們今天的題目；台下也配合，老師還未開口就當作生死未卜，一時噤聲不語，屏氣聆聽宣判，直到硃砂筆圈點，令牌擲下，才有交頭接耳的騷動，膽怯的碎聲低語怎麼寫啊，幾個大膽的學生理直氣壯，老師這個題目要怎麼寫？或者乾脆討價還價，再出一個題目嘛！

（「！」叫作驚歎號。有些作家幾乎不用這符號，比如阿盛老師或是陳列先生，前者世事看在眼中、沉澱心底，見多識廣無英雄，不必一路歎到底；後者溫柔敦厚，彷彿慈母叮嚀和憂慮，心中有話委婉說，一句講完又一句。多用驚歎號的也不少，廖玉蕙女士可為代表，她傳真到編輯檯上的原稿，滿紙驚歎號、一把熱心腸，和她本人說話語氣沒什麼大差別，可解釋為「文格如人

格」？也或許她本是個棒球選手或善打高爾夫，否則怎能如此精準地總把球棒／

桿對準球；當然，凡事都覺新鮮的小學生也愛一句一個驚歎號。）

你還是小學生時，一樣不例外，但是，寫作課卻不。你任同學起鬨，不理會他們唉唉叫，或老師心軟又空空空地寫下另一個題目；你早定下心來研墨，緩緩以順時鐘方向畫圓，篤定、沉穩，清水漸次發黑變稠，腹中的稿子逐漸成形。

逐漸成形的是你作文時的自信，你不知道原來老是千迴百轉地將結語寫成「我們要解救大陸同胞於水深火熱之中，把青天白日滿地紅的國旗遍插在神州」是多麼可笑，竟還洋洋得意，以為可以博得好評語；直到許多年後憬悟，花了許多工夫才勉強將這餘孽驅逐出境；但是，寫作上的盲點自然不僅止於此，比如，有些主題你碰都沒碰過。

比如這一次，老師說下週我們要交的文章，就以「愛」當主題吧。

愛，沒問題。骨肉之愛是人類至情至性，是寫作的母體，琦君女士寫書三十本，大半繞著母親作文章，篇篇看似獨立，卻一篇是一塊拼圖，新的發現新的驚歎不斷出現，才拼出了看似完整的人格和事蹟；以為完整了，沒想到卻還有一塊關鍵的拼圖藏在口袋裡，直到她八十餘歲才現身；到底是什麼？請看她的《永是有情人》，代序第五頁第四行。不，不是，不是寫骨肉。那麼也無妨，手足之愛同樣好下筆，你有一兄一弟，三人雖並不親暱，但也有許多故事可以吹吹噓。不，不是，也不是寫手足。喔，是啊！哪裡視野這樣狹窄，只是關注骨肉和手足，家鄉土地、自然人文，乃至於國家民族大愛，都是下筆好材料……你漫無邊際地想望，其實是想如果寫的是這些題材就好了，根本有意忽視老師說的，就來寫「愛情」吧，這也是一個永恆的主題。

很少有的，你得知一個主題，卻像突然面對單戀多年的對象，一時手足無措，寧願快快道別。你睜大了眼睛張望同學，希望在他們臉上發現疑惑和反對，拉長了耳朵，希望聽見他們的抱怨或是軟軟的撒嬌說老師啊再出一個題目嘛好不好啊好不好嘛；但是，沒有，你只看見他們振筆疾書，把作業抄在筆記簿，篤定、沉穩。你終於了解那些中小學的同班同學，在作文課上可能對你產生的敵意；但你卻沒同他們一樣，舉手說老師換個題目好不好，因為，這不是你的作風，長久地自以為可以鋪陳或應付任何題材，使你在這方面已經失去提問的能力。

翻查參考書的能力倒還有，沒用過《作文範本》之類書籍的你，臨到前中年期，還是不得不湊到書架前找靈感，可是這方面的書籍幾乎付諸闕如；許多篇章雖都不免涉及，但少有以此為主軸而又讓人印象深刻的，或許證明向來你並不關注這類主題。幸好還有一本張曉風女士編的《蜜蜜》。甜甜。蜜蜜。必然是愛情的一個重要的面目。翻開書本，先讀序言，才兩句，你便受到了打擊，頹然將書塞回架子裡，因為她說：「說到愛情我們該說什麼才好呢？也許應該什麼都不說……」

什麼都不說什麼都不寫，乾脆缺席以取得不交作業的正當理由，這恐怕也是個方法，但是，你並不想這樣做，因為這也不是你的作風；既然要維持風格，付出點兒代價也是應當的。你開始尋思短短的人生旅程中幾段貧薄的戀情，賦予廣告式誘人口號、ＭＴＶ才有的聲光色彩和蒙太奇，再加上造謠者的誇張、舞台劇演員的造作腔調，卻——這個發現讓你大吃一驚——卻發現仍然乏善可陳。

（「——」稱為破折號，語意的轉折、聲音的持續，亦或是補充說明某個詞語的文字之前略作停頓，稍事沉吟。）

嗯，到底怎麼寫「愛」呢？你想，或許可以虛構一個羅曼史，同時擬一個如夢似幻的筆名，就更相得益彰了。旖旎的敘述、曲折的情節，美麗的女主角和英俊的男主角在沙灘上漫步、在咖啡廳裡看落地窗外的花和鳥、在席夢思床上「衣絲不苟」。「衣」是衣裳，「絲」是髮絲。或者就隨俗，學學現在文字圈正風行的情慾寫作，以解放女性身體之名行褻瀆女性心靈之實，天崩地裂的性愛場面一幕幕襲來、鉅細靡遺的床笫動作分解式一招招傳授，實用手冊一般，滿紙嗯嗯和啊啊、體液與器官。可是，這你寫不來，多半因為力有未逮。

寫得來的是身邊的瑣瑣碎碎。既然自己身取材已不可能，你動腦筋到周遭友朋。大學時有件事讓你印象深刻，或許會是個好材料。有個周末中午，你因事途經學校餐廳，看見班上一位女同學和她的男友坐在餐廳前榕樹下，你打過招呼後即將此事拋下；不意，傍晚時分再經該地，又看見兩人，雖然天色逐漸昏暝，但你還是決定不當電燈泡，匆匆離去後，直羨慕兩人如膠似漆。第二天，你向主角之一具陳你的羨慕，誰知對方卻說，我們是覺得兩個人太膩在一起了，都沒有自己的時間，正在討論是不是以後不要這樣黏。這件事有點意思，但以你一時的模擬，只能平鋪直敘，頂多加上一些懸疑，使得真相大白時，眾人有會心的一笑。這不是你要的效果，因為你並不想往偵探或推理的文類靠攏，而且寫作也不為博人一笑。博人——尤其是美人——一笑，有另外的做法，可以兼程自涪州載送荔枝到京都長安。

另一件事你想起來就好笑。小學五年級時，一位男導師年當二十八，單身；有一陣子你發現他似乎有點兒不一樣，每每與一位教美勞的女老師話沒說上兩句臉就紅成一片；某日中午，剛吃過飯，他拿一張摺得整齊的紙條，指指遠遠的鍾老師，要你把紙條拿給她。你與匆匆跑去，禮貌地遞給鍾老師，回身來卻見他對你猛搖頭，跑到跟前，他才說錯了錯了是教美勞的莊老師不是鍾老師。你的臉比老師的更紅，急忙掉頭索回，回程，你覷一眼紙條，上面寫著：「請問『愛』的甲骨文要怎麼寫？」

這樣簡單的故事，你打了腹稿，連題目都張羅好了，就叫「愛字怎麼寫」，你很得意，可以以此交換其他同學的私密愛情故事。安排了章法和結構，如何倒敘如何懸宕吊吊讀者的胃口，你都有了底，以為下筆必然有神；果真，下筆猶如夕曝雨，一瀉千餘言，只是繼續下，卻怎麼還沒到主題；你慌了，這樣下下去，不是成了惹人討厭的梅雨季，嘩啦啦不停息。原來在這條路上，你在意的根本不是結果那一座絕美的花園，而是一路上的尋常花草更引你流連不捨。只好急急收煞，電腦中，標題稱為「未定」的這一個檔案夾，又多了一具屍體。

既然活生生的一個個故事都讓你凌虐成死屍，那麼，不說故事也可以，反正散文天地無限寬廣，敘事抒情走不通，說理議論另闢蹊徑也都行，就如你一向嚮往的苦茶庵，他的「雜文」，古今中外上下求索，平靜裡展現熱情、淡漠中顯露真誠，嘲諷得幽默、俚俗得深刻，服役於台南官田新訓中心時，往往你搶得一點時間，便埋首於《周作人文選》，以此抵拒排山倒海而來的低俗，因此書上有拭不去的汗跡斑斑油漬點點；你想，如若現今能夠學得一點皮毛，待逐漸精進，直指血肉，便是寫作上的圓滿。於是腦海中關於「愛」的各種說法與想法參差踴躍：《詩經．國風》中的歌謠，什麼關關雎鳩，什麼靜女其姝，一個個美人一般展露頭臉……時間地域一個大跨步，來到十二世紀歐洲抒情吟遊詩人，神話大師坎伯認為他們是西方首先具有現代愛情觀的一群人，這群人認為愛情是一種人對人的關係，有個專有名詞叫……叫……叫什麼？真糟糕，你忘了。

忘了沒關係，手邊有書可翻查，你再度來到書架前，一時卻目盲心迷，因為書架上占了相當部分的園藝書籍猛地攫掠了思緒。你突然想到，誰說愛情只為人所獨有，在你的觀念裡，不言不語行動遲緩的植物一樣能夠表情達意，美國紐澤西的索凡便能在實驗室中感受到自己與植物的能量交換，如此，要談一場戀愛其實也不是不可能；雄蕊與雌蕊，花和葉，根及莖，必然都有其在人類社會中相對應的倫常關係……以自然科學知性的骨架撐起直抒胸臆感性的血肉，這正合你的企圖。但是，植物畢竟不夠具體，接著你又想到非人的動物，牠們的愛情必然沒人能否認：雌孔雀對長尾巴的喜好，使雄孔雀朝著尾巴越來越長的方向演化；雄烏賊可以一側身軀閃耀螢光以嚇阻侵犯者，同時面對雌烏賊的另一側保持灰色，在雌烏賊眼中，灰色是最性感不過的。凡此種種，你不相信只是物競天擇、適者生存，而是，其中必然有愛情。

腦中關於愛情的寫法越來越多，像人世間的燈火逐漸熄滅、天上的雲層一絲絲散去，一顆星星又一顆星星不斷浮現，終於，遠遠超過了你所能蠡測的範圍。你知道，這些材料的雜然並陳，正反映了內心的猶豫，與對此題材的無法把握。

算了，沒有誰應該對任何題材都有把握的，就算楊牧先生，雖然他在新詩、散文、評論、翻譯等等領域都卓然有成，為當代大家。那你，一介初習寫作者，若無天賦，苛求也枉然。你決定放下書寫愛情的執著，放自己一個假，回南部家鄉一趟。

長住在家的老父剛過六十歲生日，母親說他在壽宴上滴酒未沾。你驚訝不已，因為他年輕時的嗜酒令你頗不能諒解，尤其酒後欺負母親，更讓你對他有敵意；你想起了十多年前某個夜裡，他又爛醉如泥回到家，你窩閣樓上，聽見樓下兩個人對話越來越不堪，後來是母親低低的啜泣，父親沉沉的鼾聲；母親從來不哭，你在無助與憐惜中睡去。半夜，你有尿意，起身，下樓，到洗手間，一路上都有一盞盞小燈在引領；尋思半晌，你恍然，那是母親怕父親夜半還有酒意，卻要小解，特別為他點亮的。

你恍然，這莫不就是愛。放下尋找愛情的我執，你才真正找到了愛情。母親不識字，「愛」字擺在眼前她也不相識，或許她的辭彙裡根本沒有這個字，但是她為父親做的，確確實實就是愛。

你終於明白，愛情是寫不來的，你的教養中沒有人教過你寫愛情或是說愛情，因為愛不是用寫也不是用說的，而是用做的，不不不，不是「做愛」拆解開來講，雖然生理慾望也是天經地義，但你的意思是，愛情是要用行動踐履的，比如為他點一盞燈，驅趕他的黑暗。花了許多時間，你得出了再平凡不過的看法；但是，若非親自在這條路上尋尋覓覓，恐怕你還耽溺於書寫愛情的迷宮。

既然明白了寫一篇以愛情為主題的文章是這樣困難，你作了決定，下次上課要硬著頭皮，乾脆學你的那些小學同窗，舉手說老師能不能出第二個題目；老師一定會心軟，因為在尋找真愛的過程，你著實吃了不少苦頭；當然，你還設想了後路，就先記錄下追尋的點滴，也管不得究竟對不對題，反正決定要賴皮。

（「。」是句號，作為陳述的結束，或是擺在文章的最後，通常用於後者時有兩個意思，一是這篇文章寫「好」了，二是這篇文章寫「完了」。）

帶我去吧，月光

那一年，你剛上中學，每天清晨要騎三十分鐘腳踏車到位於鎮上的學校。是因為不得不早起，或其他什麼原因，你的脾氣驟然壞得像引了火的鞭炮，每天早上起床，一張臉醃得黯沉沉，莫非漬了一夜辣椒醬，一開口便是酸與辣；母親默默不作聲，偶爾蹲在磚灶前加柴薪，映得臉頰紅通通像院牆下大麗花蓓蕾初綻，她可有可無冒出一句火怎麼這樣大。聲音和在柴薪遭火舌吞噬的霹霹啪啪中。父親平平淡淡回她說：隨伊去。甭多操煩。

哼！我又不是酒，汝當然不操煩。你轉身背向父親，心中有話不敢說，只是扁扁嘴，瞪著牆上一隻大蜘蛛，父親的腳步顛顛倒倒在眼前。

你發你的脾氣，沒人多操煩。沒人多操煩，你照樣發脾氣。這樣也好，你與世界突然結了仇；報仇要找仇家，不該傷及無辜。但是漸漸地，你不滿對著虛無出氣，便在現實找尋具體的對象。半夜，睡在一旁的小弟驢子磨麥一般地咬牙切齒，讓人起一身汗毛直立，這時你勉強不作聲自以為修養到家；昏昏睡去，他又來搶被單，你忍不住吼一聲別吵啦！兩人推推搡搡，大眠床吱吱嘎嘎；他猛一揮手，拍中你的鼻梁，一道涼意竄出，舌尖一舔，腥的。是血！你很篤定。這是老毛病了，但此時，你將它當成一個被欺侮的確鑿證據而大聲嚷嚷。母親趕了過來：你們兩個吵什麼？我我我……他他他……你一言我一語，左右射來的兩支箭，都讓父親俐落地截住：別說了。他轉向母親：明天讓老大搬下來。他又轉向你：汝去閣樓睏一陣。

上閣樓去，正合你的意。你越來越覺得需要獨處的時間和空間，自以為父母這輩子是沒有不平庸的條件了：奔波於各個建築工地蓋了不知多少房子母親卻不敢幻想其中有一棟終將屬於自己的，在電鍍工廠工作大腿腐蝕成爛瘡父親下班後浸泡於酒精如屍體躺在福馬林裡，他們是不會懂得報上日日喧騰的「十二大後，中共展開清黨整風」是怎麼一回事，大概也不了解盤據你心頭的低氣壓；大哥忙著聯考，鼻頭青春痘灌了膿血都無暇處理；小弟就更不用說了，他還在為了手上有支麥芽糖而得意揚揚，怎能巴望可以跟他做什麼有意義的對話。

你需要獨處，像蛹窩在繭裡，或是胚芽藏於種皮中醞釀。於是你踏著一格一格木板梯，彎腰駝背躲進閣樓裡。看著這座以兩片對稱傾斜的屋頂拼成的等邊三角型，木頭地板即床板，一個小圓窗開在牆上如十五的夜月在天際發光，你臉紅心跳，是因剛剛爬過樓梯，還是有股莫名的幸福感洋溢胸口？這裡看看，那裡看看，後來你站在三角型的頂端，心想如果學校不規定頭髮要理得這樣短，就可以碰到屋梁了吧。遂踮起腳尖，猛一跳，結結實實撞在橫梁上。痛。這一個暑假似乎長高了不少。

不只是身高，你的聲音逐漸變低變啞，比屋後那隻啞啞作響的番鴨還要粗嘎難聽，還有許多變化，生理上和心理上的，你似乎知道卻又似乎不知道。

年輕的老師不知道流鼻血是你的老毛病，父親母親從不質疑問來的偏方和奉為神明的醫師，電燒無效，便讓你連吃一整個月浸在水缸中的白煮鴨蛋，又捏著鼻子喝一碗又一碗韭菜根擣的汁，他們哄你像哄娃娃：再喝一口嘛再喝一口嘛愈難喝愈有效喔。結果，只是讓命運之神看笑話。有次課上到一半，一道血色如雨後泡了水的蚯蚓自鼻孔蜿蜒流下，台上侃侃而談的老師頓時慌得拋下粉筆，結結巴巴問怎怎怎麼了怎麼了；同學圍攏過來議論紛紛，你索性配合著演戲。這真是個有趣的遊戲，世界就這麼輕易地把玩在自己手中，像握住掌中的紋路。你直道沒關係沒關係，但是語氣如游絲，越來越虛弱。

醫務室的被窩比自家的眠床還舒服，你昏昏沉沉。一堂課過去，兩堂課過去，為什麼還沒人來領回教室？終於有些不安。你望著蒼白的天花板，想著同學正在操場上打籃球，你不愛打籃球，但並不意味著不愛上體育課，因為甫出校門的女老師總是嘴中含著哨子，來來回回跑著當裁判，合身運動服下軀體在騷動不安。上過體育課，接著是地理，想都不用想，你知道老師一定會站在講台說，各位同學，現在把課本收到抽屜裡，拿出空白測驗紙。群情譁然，有人仗義執言：老師你不是說不考試的嗎？老師笑得很無辜：我們不考試，我們測驗；好，第一題，長江三峽是指哪三峽？第二題，四川的桐油集散地是哪個城市？……曲塘峽、巫峽、西陵峽。嗯！這個難不倒你，沒機會大顯身手，真可惜；可是桐油集散地是哪裡？建德或重慶？……算了，還好躺在這裡，否則等一下又要吃「竹筍炒肉絲」了……後來是父親出現在眼前，他說，去拿書包吧。除此沒有多言語。你想，父親一定不知道我是惡作劇。

你默默跟著父親回家，飯也不吃便窩到閣樓。樓下，母親低聲問怎麼了，要不要緊？父親回她沒什麼。語氣像是白開水。

半暝，突然醒來，了無睡意。發現這閣樓格外清亮，屋梁一根根都看得清清楚楚；一頂大盤帽攤在軍綠色書包上，還可讀出書包上白色的「和美國中」的字樣。床板亮晃晃，不像是黑夜。望向圓形小窗戶，月光穿窗射進屋子，一道秋露靜悄悄地滋長。靜悄悄，雖然不乏夜蟲急急地歌唱。樓下傳來什麼聲響，你把耳朵貼在床板上，只聽見又輕又淡的不要啦今晚不要啦孩子會聽見，接著是父親似有若無的輕歎。你等待許久，沒有任何動靜，只好失望地坐直身子。靜悄悄。你愣愣地。搔癢。似乎有異樣。你褪下底褲，讓清白的月光當探照燈，發現恥部有細毛軟軟柔柔，一根一根又一根，像唇上初生的鬍子，或腋下剛長出的孽草。終於來了終於來了，先是唇上淪陷，繼之腋下遭攻堅，你嚴陣以待避免三度失守，還是無法倖免。一定要想辦法控制它們的蔓延，你盤算著，卻想起老師還沒上到、便迫不及待翻閱的《健康教育》第十四章，似乎說這是正常的；你遂決定靜觀其變，先不採取什麼舉措。

月光啊，怎麼這樣亮？

你站到窗前，突然一個念頭冒出，小心不碰撞出聲音地拆了木頭窗櫺，站上矮板凳，攀附窗緣，努力將身軀拔高拉瘦，塞進小圓窗；雙手抓住隔著窄窄一道防火巷的鄰家屋簷時，兩隻腳還卡在自家窗檯上，猛使力一躍，便趴到對面屋頂上。水氣潮濕，瓦上有薄薄的苔，你不敢貿然站立，屈曲著身軀，抓住屋瓦往前挪步如攀岩；終於坐到屋脊上了，天地頓時開闊，月亮懸在眼前彷彿可以觸及，又大又圓得不真實。她無私地照著人間，世界讓茸茸的銀白色描了邊，幾隻蝙蝠翻飛，莽莽撞撞，一隻黑貓被吵醒，起身，弓立背脊，打了個哈欠，優雅而緩慢地步行到不遠處躺下，繼續打呼嚕。

月光啊，怎麼這樣亮？

夜半爬到鄰家屋頂成了耽溺，父母老師兄弟朋友不懂你的地方，你相信月亮都懂，否則怎麼一坐到屋頂上，看腳下雞鴨睡得憨厚無夢，聽藏身瓦縫的蟋蟀激情傳唱，內心就格外柔軟。直到有一天，鄰家來向父親借毒老鼠藥：最近老鼠真猖獗，半暝在厝頂四界闖，吵得人睡不著。你假裝若無其事，看電視上林慧萍小可憐一般地唱著忘不了你的倩影，時時刻刻浮現腦海啊……你很得意，有了自己的祕密，不必向老師報備，不必跟大哥分享，不必與不曉事的弟弟解釋，連生著一對靈媒才有的眼睛的雙親也沒識破。你正得意著，鄰人走後，父親便說：以後還上不上去？你脹紅了臉，不怕被責罵，只為獨享的祕密遭揭穿的懊惱。以為父母不知道，難道他們什麼都知道，只是不說？

有件事，母親不說，你永遠也不知道那到底是怎麼回事。那一日，老師說今晚有「毒蛇」（督學）會到學校來，各位同學，今天不必晚自習，大家放在學校的參考書統統要帶回去。你背著沉甸甸的書包，將腳踏車踩進院子裡，俐落地一躍而下，大喊肚子餓死了！卻見客廳裡母親和鄰村的李叔叔「恰好」站起身，李叔叔衝著你笑說回來了啊。你頷首嗯了一聲，心疑他的笑容很諂媚，是不是有什麼不尋常？他又向母親道再見。母親說慢走啊。你覺得那聲音有點兒顫抖，像花蕾暴露微雨中，細膩而美麗。

他們在我回來之前說了些什麼？若我未打斷，他們接下來打算做什麼？夜半你睡不著，身體翻來覆去幾個假設也翻來覆去，你不願卻無法不把他們的關係往曖昧的局面揣測。這樣的想法刺傷了自己，母親的形象變得模糊如雨點打進水塘裡，父親頓時成了個小可憐，窩在無人願意伸出援手的角落。但是，你想起了父親一次又一次地在夜半酗酒後返家，粗暴地直斥母親囉唆惹人嫌，隨地小便讓一屋子有散不去的臊臭；鬧事後，他自顧自地睡去，只剩母親蹲在水泥地上，拿著抹布擦尿跡；隔日早上，父親又是若無其事地下田忙碌吃過早餐後踩著腳踏車上工去。那忠厚老實無辜清純的好爸爸好丈夫模樣，讓人真想狠狠地朝他的臉揍一拳，把他的原形現出來。你也想起了李叔叔不菸不酒田產廣大脾氣軟得像垂柳。你想，如果母親跟了李叔叔，或許會比較幸福吧；至於父親，父親啊父親，原諒我不站在你這邊……想到高潮處，你心中興起了一股斷腕的悲壯。

這樣想想，那樣想想，眼看著這一晚就要泡湯。樓下傳來腳步聲；母親的足音一向輕緩軟柔如貓墊著肉足偷偷摸摸，耳下這聲音儘管刻意壓低卻難掩大剌剌，明顯是父親的。聲音傳進耳朵，馬上翻譯成畫面。你看見他開了房門，走進廚房，熱水瓶微傾倒了半碗水，走到門檻上蹲下，碗湊到嘴邊，呼——呼——地吹著熱氣如長歎一聲又一聲；他的背影漆黑微駝，孤孤單單，像個小老頭，連月色也不願為他添光彩；長歎傳來一聲一聲又一聲……父親啊父親，原諒方才我的背叛。

瞌睡蟲背叛了你，父親早已掩門上床傳來勻均的鼾聲，但你就是睡不著。都是月光惹的禍。你再度坐到屋脊，呆呆羨慕起嫦娥，若有靈藥，你也想試試，若能脫離這個被下蠱下詛咒糟糕透頂的人世，彼方就算再怎麼不如意，你想，自己也應當不後悔。你緩緩站起身，兩手伸直平擺如馬戲團的小丑走鋼索，一小步一小步踏在屋脊上，專注使你忘記了許多事。

將世界踩在腳底下，你開始有些得意。走完了一條屋脊，你攀到另一條屋脊，鄰家的狗在院子裡朝星空低低號叫，鴨群有片刻騷動……你準備縮回閣樓如寄居蟹躲進僅能容身卻安全的殼裡，雙手探向圓窗時，視線向下，發現防火巷裡有棵小樹，裂葉如巨人的手掌，月光為它打了蠟，是，木瓜樹。

這防火巷是由兩堵牆擠壓而成的狹長隙地，又窄又深，四方封閉，所以這棵木瓜樹是你「自己的」木瓜樹。可惜啊，你想，兩面牆緊緊地逼迫得它生長深受阻礙，甚至連陽光也無法照顧到；但是，你繼而再想，如果不是兩面牆的限制，它也不會站得又直又挺像忠烈祠的衛兵，比任何一棵木瓜樹都漂亮；而且，如果它長期處於陰隰之地，終將以夭折告終，於是，縱然為牆局限卻仍勉強開枝散葉、一吋吋拔高，成了毫無商量餘地的求生術。慢慢地，你又觀察到隨著新葉長成，老舊的葉子相應凋零，樹幹上留下錯落而自成秩序的痕跡，你明白，這是受傷的紀念，也是成長的烙印。

你迫不及待要看木瓜結果，準備到時才向家人公布這個祕密，並贏取他們的讚歎和喝采：母親留下一顆青木瓜，她剛在電視上看過傅培梅教的青木瓜燉排骨；另一顆澄黃飽滿的則對剖，刨淨種籽，削去果皮，果肉切成方塊，盛到玉白瓷盤中，她的姿態優雅，玉手纖纖，一個動作開一朵蘭花；大哥放下他的洋文書，推推鼻上的金絲框眼鏡，斯文儒雅地說木瓜有益腸胃，不妨多吃；小弟剛運動回家，在玄關脫他的名牌球鞋，說我回來了，什麼東西這樣香啊？換上拖鞋，他在大理石鋪成的地板上滑過，直抵廚房，他哇——地一聲，直說二哥真是不簡單；父親則自書房現身，投來肯定的眼光：我們老二將木瓜種得這樣好，或許可以專攻生物學，以後一定是生物學界的愛因斯坦……

明明是半夜，白日夢還是一個個亂竄如臉上青春痘一顆顆不請自來。你越想越有趣，越想越得意，越想越等不及。想起爺爺在世時，傍晚時分總是挑著兩擔屎尿澆灌菜蔬，蔬菜都長得肥碩；何不如法炮製？於是你對著窗口站到矮凳上，臀部往前突，把持下體，尿液噴出像驟然下了一場雨，落在樹葉直跌到泥土地。你舒了一口氣。尿過了，卻任下體晾在冷空氣中，接下來的一切都無法控制，你看著他像任性的孩子，慢慢地甦醒，問候這個世界。

這不是第一次了，卻越來越頻繁，越來越失去控制。這是怎麼一回事？

這是怎麼一回事？你獨自疑惑著，不敢開口問，只是留意身邊的各種相關資訊。好不容易《健康教育》上到第十四章，老師卻要同學拿起紅筆，秋風掃落葉地畫重點，算是教過了；有人舉手發問，老師說慢慢地你們自然就會知道了。有人說還要等多久啊。老師回他現在翻到下一章。書店裡可以給解答的書籍，都放在櫃檯邊店員目光炯炯可及的地方，你故作鎮靜，卻不敵胸口的碰碰動動，只好悻悻然離去。你翻看報紙，發現有一橫欄小廣告躺在底部，什麼泌尿權威、解答疑難雜症等等等，便偷偷向四周一瞄，父親專注看著螢幕上日本摔角明星馬場輕而易舉地將對手踩在腳底下；小弟捧著飯碗，嘟著一張嘴，為了看不到《無敵鐵金剛》而生悶氣；你將報紙抽出，正正經經說：財神酒店經營權發生糾紛，三四百位持分人焦慮萬分，這是怎麼回事啊？可得好好研究研究。

是得好好研究研究，為什麼吃了爺爺澆灌的屎尿的菜蔬就長得肥碩，吃了你的小便的那棵木瓜樹，葉子卻斑斑點點地發黃。怎麼會這樣？上課時你想。怎麼會這樣？吃飯時你分了神，母親拍拍你的肩膀：吃飯不吃飯，出神想什麼？你隨口說：木瓜樹……唉啊！怎麼說漏了嘴，到底還沒到揭露謎底的時候啊。你急收口沒再往下說，小弟卻接嘴如漏斗套在瓶口：那棵木瓜樹怎麼了？

什麼木瓜樹啊？你佯裝不知。小弟繼續又說：就是長在閣樓外的那棵木瓜樹啊。祕密「背叛」了你，你急著自我維護：那是我的木瓜樹！小弟哼了一聲：也沒人跟你搶？你說：那可是我先發現的，是「我的」木瓜樹。小弟無所謂地說：你愛就給你吧，反正是一棵不會結果的木瓜樹，還當寶一樣。你一聽，像受到了屈辱。小弟繼續說：連木瓜樹有公的有母的，這種事也不知道，哥哥換我來當好了。你不服氣：你怎麼知道？小弟耍拽，洋洋得意：我就是知道，就是不告訴你，怎麼樣？以後你叫我二哥，我就跟你說……父親放下碗筷：老三，要換你去睡閣樓嗎？

一時你覺得這真是個無聊的遊戲，尤其小弟還是個小孩子，就讓讓他吧！你自以為寬容地這樣想。回頭看見母親蹲在灶前加柴薪，汗珠一顆顆自額頭冒出，你放下碗筷，說：我來幫妳顧灶火。母親一愣，盯著你瞧。上了國中後，你就不愛跟在她身邊團團轉，更不主動幫忙家務，難得你這般懂事乖巧。火光熊熊，你握著一隻胖番薯，等待會兒火熄了，要埋入餘燼中。心裡還是藏著那斑斑點點的木瓜葉，任它在火焰中霹霹啪啪冒星光。像是醞釀多時後突然開竅，你想到老師教過的成語：「揠苗助長」，終於得出自以為是的結論：凡事急不得，最好就像父親說的「隨伊去，甭多操煩」，急了，就要壞事。

父親和母親的事，能不能也「隨伊去，甭多操煩」？那一夜，你在沉睡中被吵醒，門板啪啪啪地響卻不動如山如忠臣死諫一點不妥協，你想也不用想，是父親叫門一次又一次，中氣十足卻含含糊糊大概說，開門開門快開門，是哪個該死的把我關在門外要讓我睡路邊？一反常態地，母親沒有如他的意。後來聲音稍息，你舒了一口氣，這樣也好，不管今晚他到哪兒過夜，反正明天出現時又是個好爸爸好丈夫。結果，一會兒後叩門聲再度響起，聲音溫柔又委屈，三個孩子一一點名，卻沒人有動靜；後來，還是母親現身，門閂解嚴，母親的哀號同時響起。

被擠壓到喉頭你的一顆心，起身，下樓，在父親的大掌再度揮向母親的臉頰時，你立在他的身前像是一堵牆，牆後是莖葉零落的番薯藤，牆前是無堅不摧的推土機。走開啦！父親推你，推不動你。走開啦！父親又推你，還是推不動你。此時你才發現父親比你更矮小比你更瘦弱。一個不小心，父親的手掌輕輕地碰上你的眼下，你明白唯有擴大事端才能平息事端，遂痛苦地掩住臉，同時以小指往鼻內黏膜猛力一摳，鼻血如八點檔連續劇一樣煽情流下。他呆立片刻，回身，隱入黑暗，默默。母親拿來涼毛巾，為你敷額頭。突然，你又看見她和李叔叔在客廳那一幕或許沒什麼卻讓人總在信心動搖時浮現的景象。你撥開她的手，轉身，默默。母親默默。小弟和大哥藏在某一處黑暗裡，同樣靜默。

人間擾擾，哪容得人默默以對？你想，幸福得有沉默自由的，只有那棵木瓜樹，小弟說的那一棵不會結果的木瓜樹。

小弟卻是錯了，木瓜樹長到燦爛陽光可及的高度，終於開出一串串乳白色的肉質花朵，白日蜜蜂蝴蝶繞著團團轉，夜裡蝙蝠飛蛾爭相媒介花粉；花朵漸漸萎落，一隻隻小嬰瓜成形，一日日膨脹一日日成熟，終於飽滿得將要炸開如體育老師合身運動服下飽滿的胸部。小弟啊小弟，木瓜結實了！木瓜結實了！你匆匆收回懸在圓窗外的腦袋瓜，急急忙忙奔去要小弟父親母親大哥來見證。下樓梯時，一個腳步踩空。啊！

啊——醒來時，才知枉然只是一場夢，你微微喘息，一動不動地躺在床板上，像真的奔走了一段路。胯間隱約有異物，黏黏滑滑，冰冰涼涼。月光清清白白，床板上一個個斑斑駁駁的影子，木瓜樹已經探到窗口了；葉子篩過月光，落在臉上肩上四肢軀體。你心安地想：這必然是自己的祕密，就算他們知道，也一定不會戳破。你站起身來，微俯著背脊小心不碰到橫梁，努力將身軀塞進圓窗，這一陣時日長高長壯不少，但終究還是坐到鄰家屋頂上。突然你發現，從自家的屋子到屋外的廁所，一路上的燈都亮著，你明白，那一定是母親怕尚未醒酒的父親夜半要小便，為他點上的。

你舒了一口氣，問遊遊盪盪的冷空氣：願不願意和我和解？

月光無語，默默滌洗著人間。木瓜樹在靜靜地長。

——本文獲第二屆磺溪文學獎小說類第三名

初旅

1

攀住青石板砌成的井沿，你引頸探頭，遮住了倒映的天光和葡萄藤，你瞪大眼睛尋找落於黝黯水面的自己的臉孔，晨光為它勾勒出一明晰的翦影。一陣擠眉弄眼後，清了清喉嚨，你模仿前一日學校裡教的北京腔，噘著嘴巴唱了起來：一隻蛤蟆兒一張嘴，兩個眼睛兒四條腿，噗通一聲跳下水嘿，蛤蟆不吃水，太平年……零零落落，不記得歌詞的地方，便哼哼哈哈或者乾脆自己編個詞糊塗過去，唱得渾然忘我。

唱罷，深吸一口氣，清晨的空氣冰冰涼涼，還有濃濃的青苔鮮味，逐一滌洗胸腔、咽喉、心肺，填充得腹部飽漲。你惡作劇地大喊一聲「啊—」！吵醒了還沉沉睡著的井。水面起了波紋細細，一圈、一圈又一圈，同時回報你一聲聲的啊啊啊……一隻藏身井壁縫隙的田蛤仔慌張跳入水中，游了兩下，一雙眼睛露出水面好奇地瞧。

啊！這一回卻是你被嚇著了，有人躡足靠近，是他的腳步太輕，還是你過於專注自己的遊戲？他猛一拍你後背，同時緊緊環抱著你，深怕你跌進井裡。你驚魂未定，回過頭去，是淑卿姊姊，你大喊嚇我一跳啦！同時用力捶她，鼓手炫耀技巧一般的迅速。她說好了好了不玩了。她握住你的拳，大手包小手，問：今天還要不要上學去？你跳了起來，疊聲說：好好好！

淑卿姊姊拾起躺在井沿的麻繩，繩子另一端是木桶；她把繩子收進掌心，同時倒提木桶往水面一擊，結實飽滿的一聲「丼」，如跳水選手漂亮躍進池中。她開始收繩，氣定神閒地，你瞧得仔細，有些羨慕，不知自己何時打水才能如此出神入化。

盛滿清水的木桶站在井沿，方才奮勇如箭矢的麻繩，現在又軟弱似死蛇。

ㄅ
ㄆ
ㄇ

你打濕雙手，摩了兩下白蘭香皂，便往臉上抹。洗淨了臉，又在一支岔了毛的牙刷上擠黑人牙膏，辛辣的味道一入口，才真正醒過來。

這樣早啊？大伯母忙過早餐，懷抱一盆衣物來到井邊，她幫你揩了一下殘留耳後的泡沫星子。你急對她說：我今日要和麗華姊姊去讀冊。她說：真好真好！

2

麗華和淑卿兩位堂姊是大伯母的女兒。淑卿大我六歲，麗華更長淑卿三年，她們是同班同學，當時同在小學讀五年級。

自從九年國民義務教育實施後，以麗華的年紀，應當是頂著清湯掛麵西瓜皮的國中生了，白襯衫、藍短裙，白襪子、黑皮鞋，每日踩一刻鐘腳踏車到鎮上中學讀書。但因她罹患小兒痲痹，一雙腳又細又瘦，屆學齡了，眼睜睜看著入學通知單寄來，卻沒人能夠幫她推輪椅上下課，硬是在家多待了三年，直等到妹妹淑卿也入學，才有人每天送她上學帶她回家。

爺爺日後提起，當年執意讓麗華姊姊受教育時，村裡有人語出嘲諷：讀什麼冊？諸婦囝仔，更是一个跛腳的。但爺爺說：不讓伊讀冊？難道要讓伊做一世人的生盲牛？

世代務農的家族長輩，也沒有不贊成的。將近三十年前，「知識就是力量」已不只是學校公布欄裡的標語，也深深嵌進他們的腦海，更因本身識字無多，對知識有近乎迷信的尊敬。但知識太抽象，具體呈現的是印了字的紙張；至於讀書人，簡直就是知識的化身了——鄉間做醮擺桌宴客，老師照例要請上首席，與爺爺叔伯同一桌，席間，父親母親領著我，端端整整站在老師面前，要我同他們一起向老師敬酒。父親將滿滿一杯黃酒一飲而盡，嘴角濕漓漓，說：老師，這是我的小孩，平時頑劣得很，以後要靠老師管教了，若是不乖不懂事，儘管打，莫心軟。

讀點書，看日後能不能找份好頭路，不要一輩子埋在農地上。爺爺說。

3

母親為你換一件乾淨的襯衫，又拿來唯一一雙布鞋，你坐門檻上繫鞋帶，仔細打一個蝴蝶結。母親說：別再踢石頭了，踢得鞋頭黑黑的真難看。你低著頭，綁一次拆一次又綁一次，彷彿即將遠行一般慎重。臨行，母親遞給你一塊金黃色沾了白糖的鍋巴，她說：要乖，才會得人疼；老師有什麼需要，你要主動點。

淑卿姊姊足足高你一個頭，她推著輪椅，在石子路上也駕輕就熟，你跟在一旁，不時小碎步快走。

三個人來到彬仔伯家門口，阿銘和阿蜜加入你們的行列。這一隊人馬又經過松仔叔家，站立片刻，沒有動靜，淑卿姊姊遣你去看看小久要不要同我們一起上學去。才走進稻埕，松仔嬸便從裡屋現身，向你揮手說：出門了出門了，說是今天要考試，早早出門了。回報後，一群人繼續行程。阿清自遠處喘氣吁吁地趕來，喊著等等我等等我，你們怎麼不等等我。幾個人互望一眼，臉上有些不願意。

阿清喘著氣對你說：囝子痞，愛哭又愛跟班。你對他作了個鬼臉：要你管。他哼了一聲：哪有人這麼愛讀書的，書呆子，等你來年真正上學了，看還喜不喜歡上學？

陽光清清白白，一隊人馬浩浩蕩蕩，草葉上露水無聲蒸發。一隻在牛糞草上打盹的綠色蚱蜢讓人群驚醒，猛一躍，虛無中畫出一條美麗的弧線。

你很愉快，又雀躍又莊重，但還是無法不分心注意路旁的黃槿開了一樹黃花，離隊走到樹下，拾起一朵，嘟嘴吹掉塵灰，端詳一陣，想帶在身上，想想，又放回地面。阿春叔家的廁所快到了，你緊著一顆心，抬頭遠眺廁所屋頂，那裡有一株番茄結了幾顆瘦瘦的果子，還是綠的，你站定，數了一下，一二三四……似乎沒有少，雖然那終究並不屬於你，但你還是高興，小跑步跟上人群。

途中又加入幾個人同行，形成一支朝聖的隊伍，往知識的大門一步步前進。

終於走到小學大門口，一群人自動分成三列，恭恭敬敬站國父塑像前，深深鞠了一個躬。雕像後兩條一年塗上一層藍漆的水泥柱上，端端正正以白油漆寫著一副對聯，右邊是「做個堂堂正正的中國人」，左邊是「做個正正當當的好學生」。

一位戴紅色臂章的女老師，大聲對向她打招呼的小學生們說小朋友好！接著衝著你說話：又來上學了。她摩摩你的頭，輕輕地柔柔地。突然，她舉起手來，向馬路上揮：鄰長伯，食飽未？

馬路上的是爺爺，他的兩條小腿黑了半截如鷺鷥，是剛去巡過了田水。

4

爺爺當鄰長超過二十年，村中父執輩見了他，遠遠地便高喊：鄰長伯，食飽未？鄰長是無給職，但有一份免費的《中央日報》。爺爺說：也不壞，只是為厝邊頭尾四界走走，還有報紙看，不壞。

每日近午，穿綠色制服的郵差踏著腳踏車，剛從遠遠的春生堂中醫診所旁的田間小路現身，我眼尖，便等在大門口，等著郵差遞給我報紙。一待他再踩上踏板，我即刻轉身，也不管夏日豔陽燒得水泥地滾燙，裸足跑過寬闊稻埕，驚起停於井沿幾隻小麻雀，跳躍、翻飛，倏地站到葡萄藤裡找毛蟲。我去敲爺爺的房門，兩腳並攏、身體挺直，等爺爺現身，將報紙呈給他。

我不曾見爺爺寫過字，他也不會說當時政府雷厲風行推廣的「國語」，但爺爺跨過門檻，將報紙攤在廳堂前屋簷下，便就著天光一個字一個字以台語念了起來，即席翻譯一般。我在一旁，似懂非懂，看著在副刊連載的翻譯漫畫《白朗黛》，模仿大人一般地笑。爺爺說：汝看懂否？什麼時陣才能換汝讀報紙給我聽？

日光躡手躡足照滿稻埕，繼續往屋簷下探頭探腦，終於咬了一下報紙。

爺爺將報紙往蔭涼處挪，繼續讀。日光越來越大膽，再不多時，就將跨過門檻，爬上廳堂裡一副對聯，先吃到光的是下聯：「忠孝衍家聲」，很快地上聯接著發亮：「文章開國運」。爺爺說這本是我們王家序輩命名的依據，現在已經沒人講究了。

未到學齡，我便常隨著兩位堂姊上學去，似懂非懂，竟也識得幾個字。識了幾個字，跟著爺爺自以為是地讀中副的「趣譚」，根本是胡亂揣測，自以為有體會，便誇張笑了起來表示懂了懂了。

到底懂或不懂啊？爺爺打斷我的笑聲，他說，讀報紙簡單，「寫」報紙就難了；如果能夠寫給別人讀，那才真行。

5

麗華姊姊坐在輪椅上上課。她初入小學時，工友伯伯為她特製了一張桌子，製作的人有遠見，桌子可以隨身高調整。工友伯伯早已經退休，桌子卻始終跟著她，麗華姊姊偷偷在桌面底下刻上工友伯伯的名字，她說：我一輩子都不要忘記他。

麗華姊姊就坐第一排第一個位置，教室入口的地方，淑卿姊姊坐她隔壁，她的個子高，老是微微駝著背才不會讓人抗議。你呢？你的個子這樣小，坐上高年級的課桌椅，雙腳便踩不到地面。老師望望教室四周，說：你就隨便坐吧，自己出去玩玩也沒關係，只要不吵我們上課就行了。你看看兩位堂姊，看看教室裡黑壓壓的人群，終於決定在講台邊緣坐下。看著大哥哥大姊姊上課，老師在講台上走來走去，白粉筆、黃粉筆、紅粉筆在黑板上空空地響著。

真是神奇啊！一行行的文字、一列列的算式，變魔術般無中生有，莫非這就是知識？

粉筆屑在空中飄盪，載浮載沉，是一隻隻縮到極小極小的降落傘。你把這些小降落傘放到極大極大，遂真看見了漲飽空氣的五顏六彩的傘面，傘下一個個阿兵哥神氣活現。老師說要反攻大陸，把青天白日滿地紅的國旗遍插在神州，就靠這些阿兵哥吧？……沒有黃粉筆了，誰去隔壁借一根？老師突然說話。你的胡思亂想驀地被打斷，未經思考，你舉手用台語喊「我」！老師瞪大了眼睛，兩位堂姊的目光也落在你身上，課堂上起了小小的哄笑聲，老師微笑著說：好，你去。

借回了粉筆，老師當著大家的面誇你，不過，她稍一停頓：學校裡不可以說台語喔。你再度在講台邊沿坐下。老師的話越來越像催眠，你逐漸往講台裡部縮，終於靠著牆壁睡著了。

醒來是因為鐘聲，班長喊起立、立正、敬禮。你也向老師鞠躬說謝謝。老師臨走時，拉著你的手說：走，我們去上低年級的課。

低年級的課真好玩，ㄅ、ㄆ、ㄇ、ㄈ……唱遊、畫圖、說故事，你和那些大不了你幾歲的哥哥姊姊玩在一起，老師讓你和他們一樣有自己的課桌椅，大家一起唱一隻蛤蟆兒一張墜，兩個眼睛兒史條腿……老師還偶爾點名要你讀課文，來來來，來上學，去去去，去讀書……

讀書真好，你想，如果能夠一輩子讀書就好了。

你更興奮期待的是，也許再過不久，就可以讀報紙給爺爺聽了。

後記

一度我以為，這本書寫不出來了。

無非是些說了又說的話——新世紀伊始，三十初度的我辭去工作，安排了英法西一趟不結伴旅行，前後一百天。當我去到柯林頓、希拉蕊用以為他們的女兒命名，有倫敦後花園暱稱的雀兒喜藥草園，目睹了溫室裡一叢茨色西班牙鳳梨高懸枯枝之上，吸收空中水氣便能夠存活，一時我受到感召，宗教般的啟示，憬悟到沒有非得要將根扎在哪裡，從此我是一名地球人了。

此前，著迷於植物的我，以植物作喻比附自己的人生為三個階段：十八歲出門遠行之前，是將根扎在農地，枝枝葉葉向著都市試探伸展；負笈北上，是懷抱母土投奔異鄉；退役後留在台北謀職，則為一顆種籽孤身遠離了母體之後，在哪裡落土便有自信在那裡穩穩地把根扎下。

二〇〇二年，我提出「三稜鏡」創作計畫參加台北文學寫作年金的甄選，計畫分成三節，同心圓或剝洋蔥一般地，最外圍是海外行旅，中段是都會心路，核心則為我在竹圍仔度過的童年少年時光。實際執行時我將此計畫擴充為三本書：二〇〇六年首先面世的是《慢慢走》，以十一個符號記錄下世紀初那趟自助旅行的見聞與感思；越兩年，二〇〇八年交出《關鍵字：台北》有我晃蕩於都會的履痕，情愛與慾望的在場證明。

《關鍵字：台北》全書以〈老房子・最初〉作結，為第三本書的回到最初留下伏筆。但是，那簇垂懸於半空的西班牙鳳梨的意象揮之不去，讓我相信，當時離開故鄉將近二十年了的我，日後只會愈走愈遠，一度我以為這本書是寫不出來了。

我一仍在這座城市走長長的看似沒有盡頭的路，在一次又一次的約會中幻視愛情蜃影，也笑得很大聲但淚水流過之後才像被滌淨，一仍每年幾次打包行李出國沒網路沒手機老是想著就跳機吧不回去了，一仍很少回老家只在電話裡問母親天氣好否錢夠用嗎……如是者過了幾年，終於我幡然體悟，不管個人或時代，每個現在都是過去的總合，是湯姆・福特說的：「在巴黎、羅馬或馬德里，只須看一個面容一般的婦女，於頸部繫一條簡簡單單的絲巾，就能從中看出她的祖先曾穿著花邊袖口和曳地長裙。」離開故鄉再遠離開故鄉再久，外表時新似乎嗅不出一絲鄉土味兒了，但那是生命的底色，哪怕看似被淡忘被遠遠拋擲於身後，卻總於某個不經心的片刻，它現形，發揮溫柔而纏綿的勁道影響著我。

個人與時代、個人之一瞬與時代的長流，其中種種曲折與幽微，一直是我感興趣的命題，獲獎企畫書上我這樣寫了：三稜鏡將由三個層面拆解復綰結私我與時代；「個人之於時代，既如風中微塵，東飄西盪，不由自主，又像洪流捲攜的一顆小水滴，雖然面貌模糊，但確實是這一顆顆小水滴的匯流，而雕塑大地，逢岩穿石、遇崖成瀑。本計畫將從海外無疆界的漫遊、台北都會的浸淫其中、鄉下老家的漸行漸遠，三個層面探究『我』與時代既身不由己又自有主張的，或遠或近、或親或疏、或張或弛的關係。一如肉眼所見的白光，通過三稜鏡反射，現出七彩光譜。」啊，以如今當道的文風回頭去看這樣雅正的心思，真有種不合時宜的尷尬，網友常說的，認真的人就輸了。

還好，還好文章從來只為自己而寫。十年經過，書寫的過程我始終興致勃勃，不曾覺得漫長也不曾厭膩；不，不只如此，寫作是我的居心地，它讓四分五裂、一吋吋低價典當的自我還保有一個管他是什麼都不願意交換的角落。當我取法班雅明〈柏林童年〉的形式，焚膏繼晷花了三個多月時間完成三十一則小品連綴而成的〈台灣童年〉以探照記憶縫隙時，內心有個聲音告訴我，是收筆的時候了。這時候距我一九八八初秋北上已經整整二十五個年頭。二十五年，四分之一個世紀。明確算出這個數字時，我竟驚訝得微微有點說不出話來。常有人說人生宛如飄萍，是形容漂泊無定，然而，漂泊既是萍的命運，這句話也可以說是處處為家了。

童年少年某些場景有些片刻，不只一回在我筆下出現，彷彿毛線織了又拆了又織。波赫士曾自嘲地轉述他的朋友的話，說自己「寫作有個習慣，即每一頁要寫兩次，兩次之間只有微不足道的變化」。於我，文字的救贖力量最初推動了我的創作，一再重回某個現場，其作用無異於「擦拭」——藉著擦拭這個動作，試圖消抹掉那些猶如陰影的斑漬與污痕；悖反地，則試圖把歡快的、明朗的記憶更擦得晶晶亮亮。

然而，就算僅僅只是想寫愛寫又如何呢？塞尚畫聖維克多山，「我可以在同一個位置畫上數個月，只須稍微往左或往右移動一下身子便可」。梵谷畫麥垛、莫內畫荷塘，都是一而再、再而三捕捉時光的變貌。同樣的，同一個事件在不同篇章出現有時略有出入，我保留、珍惜這些記憶風化、流失的證據，上頭布滿時間的足跡。

這個計畫得以完成，要感謝許多人，我像上台自口袋掏出小抄那般地，慎重寫下你們的名字，但每回都發現有所闕漏；名單愈長，闕漏愈多。且讓我將感謝放在心中。我們鄉下有個習慣，有人送來一盤油飯，要回敬一錫口鐵罐的白米讓對方不空手而還。

這多少年來，還有一群隱藏在「讀者」這個集合名詞之後的你們陪著我。寫作的寂寞是曠古的寂寞，多半無關乎寫作，而是寫作的人；但想到我宅在結界塗塗抹抹，而能有一群無利害關係的讀者願意當它一回事，我的心內充滿溫暖。謝謝你們從不要求。

這本書要獻給我的母親黃阿閬女士、我的父親王朝雄先生。

王盛弘寫作年表

一九七〇　三月三十日出生於彰化縣和美鎮農家。
一九七六　就讀大榮國小一年級。偏好寫作、繪畫，志願是當畫家或老師。
一九八二　就讀和美國中一年級。
一九八五　就讀彰化高中一年級，頻繁在《彰化青年》發表文章。
一九八八　負笈北上，落腳永和竹林路，在南陽街補習。
一九八九　就讀輔仁大學大眾傳播學系一年級。
一九九三　大學畢業，服役於淡水空軍氣象聯隊，當兵二十二個月發表超過一百篇散文。
一九九五　退伍當天赴高雄領台灣新聞報（一九九四）年度作家首獎。

一九九六　獲台灣新聞報（一九九五）年度作家佳作，〈生命的微笑〉獲梁實秋文學獎散文第三名。

一九九七　〈來去竹林路〉獲王世勛文學新人獎首獎，〈記憶種在土地上〉獲磺溪文學獎散文第二名。

一九九八　進聯合報擔任編輯至二〇〇〇年。《桃花盛開》爾雅出版。〈帶我去吧，月光〉獲磺溪文學獎小說第三名，〈倥青天〉獲台灣省文學獎散文佳作，〈井〉獲台灣省教育廳文藝節徵文佳作。

一九九九　獲報紙副刊編輯金鼎獎。〈歌舞春風〉獲梁實秋文學獎散文佳作。

二〇〇〇　《假面與素顏》九歌出版（新版更名為《留下，或者離去》），《草本記事》智慧事業體出版（新版更名為《都市園丁》）。〈土撥鼠私語〉獲教育部文藝創作獎第二名。

二〇〇一　進行英法西不結伴自助旅行。《一隻男人》爾雅出版。進中央日報擔任副刊編輯至二〇〇六年。〈土撥鼠私語〉入選九歌八十九年度散文選。

二〇〇二　「三稜鏡」寫作計畫獲台北文學寫作年金，著手創作時將此計畫拆解成三部曲。

二〇〇三　《帶我去吧，月光》一方出版。〈相思炭〉入選九歌九十一年度散文選。

二〇〇五　〈瘤〉獲中國時報文學獎散文第二名（首獎從缺）。

二〇〇六　進聯合報擔任副刊編輯。《慢慢走》二魚出版，為「三稜鏡」三部曲之一。〈啊，原來是螺旋幽門桿菌〉獲國科會科普散文獎佳作。

二〇〇七　〈天天鍛鍊〉獲林榮三文學獎散文佳作。〈花盆種貓〉入選九歌九十五年度散文選。

二〇〇八　《關鍵字：台北》馬可孛羅出版，為「三稜鏡」三部曲之二。入選九歌出版「台灣文學三十年菁英選：散文三十家」。

二〇一〇　《十三座城市》馬可孛羅出版。〈美在實用的基礎〉入選九歌九十八年度散文選。

二〇一一　《慢慢走》、《十三座城市》由大陸龍門書局出版簡體字版。〈廁所的故事〉入選九歌九十九年度散文選。

二〇一二〈大風吹〉入選九歌一〇〇年度散文選。〈種花〉獲林榮三文學獎散文首獎。

二〇一三〈夜躑躅〉入選九歌一〇一年度散文選。擔任金鼎獎評審。《大風吹：台灣童年》聯經出版。

文章發表出處

台灣童年：

枵鬼・燎豌豆・菜炸・料理一顆蛋　二〇一三年五月一日《自由時報・自由副刊》

陰陽雨・撲滿・釣魚・颱風天　二〇一三年四月十八日《中國時報・人間副刊》

一場葬禮・信邪・領空・三個笑話・咬齧・唱歌・填空・刻度・壞人壞事代表・送行　二〇一三年七月《聯合文學》總三四五期

野台・肇事者・給愛麗絲　二〇一三年七月二十九日《自由時報・自由副刊》

狗屎也・牛糞草・小驢兒・紫兔　二〇一三年七月十一——十二日《人間福

報・副刊》

大地　二〇一三年四月十日「校園寫作之星創作大賽・寫作示範」網頁

頭蝨・遊行・愛的甲骨文・五燈獎　二〇一三年四月二十四日《聯合報・聯合副刊》

存摺　二〇一三年六月六日《中學生報・文藝櫥窗》總三八期

一場葬禮・釣魚・野台・咬齧・遊行・愛的甲骨文・料理一顆蛋　二〇一三年七月十二日新加坡《聯合早報・名采》

廁所的故事　二〇一〇年二月十一—十二日《中國時報・人間副刊》、二〇一〇年四月五日新加坡《聯合早報・名采》、二〇一二年四月中國《人民文學》月刊，收入九歌出版《九十九年散文選》、國立台中護專通識課程「閱讀與書寫」教材

天賜　二〇一一年六月《幼獅文藝》總六九〇期

大風吹　二〇一一年三月二十三日《自由時報・自由副刊》、二〇一一年四

月十一日新加坡《聯合早報・名采》、二〇一一年九月一日《九彎十八拐》總三九期，收入九歌出版《一〇〇年散文選》、國立中正大學通識國文課程「中國語文知識及其應用」教材

清靡　二〇一一年六月六日《中國時報・人間副刊》、二〇一一年七月《講義》總二九二期，收入二魚出版《二〇一一飲食文選》

故鄉的野菜　二〇一三年一月十八日《中國時報・人間副刊》

種花　二〇一二年十一月十九日《自由時報・自由副刊》，獲第八屆林榮三文學獎散文首獎

相思炭　二〇〇二年六月十一日《中國時報・人間副刊》，收入九歌出版《九十一年散文選》、三民出版《神探作文——讓作文更有趣的六章策略》、彰化縣文化局出版《彰化縣國民中小學台灣文學讀本・散文卷》、國立清華大學寫作中心「大學中文寫作教學資料庫」

殘局　二〇〇九年十月二十六日《聯合報・聯合副刊》、二〇〇九年八月十日新加坡《聯合早報・名采》

惡戲　二〇〇九年十月七日《自由時報・自由副刊》

記得幾個名字　二〇一二年十二月十日《聯合報・好讀周刊》

記憶銀橋　二〇〇六年十二月《幼獅文藝》總六三六期，收入三民出版《春之華》

黃氣球　二〇一〇年十一月《小作家月刊》總一九九期，收入國語日報出版《放學了！——十四個作家的妙童年》

標點符號使用指南　一九九九年三月二十一日《中央日報・中央副刊》，收入木馬出版《作家的愛情地圖》

帶我去吧，月光　二〇〇〇年七月二十六—二十七日《台灣新生報・新生副刊》，收入彰化縣文化局出版《彰化縣國民中小學台灣文學讀本・散文卷》，獲第二屆磺溪文學獎小說類第三名

初旅　二〇〇〇年三月十六日《中央日報・中央副刊》

後記　二〇一三年八月《幼獅文藝》總七一六期

當代名家・王盛弘作品集1
大風吹：台灣童年

2013年8月初版　　定價：新臺幣350元
2018年10月初版第三刷

著者	王盛弘
繪者	葉懿瑩
叢書主編	胡金倫
封面設計	永真急制

出版者	聯經出版事業股份有限公司
地址	新北市汐止區大同路一段369號1樓
編輯部地址	新北市汐止區大同路一段369號1樓
叢書主編電話	(02)86925588轉3932
台北聯經書房	台北市新生南路三段94號
電話	(02)23620308
台中分公司	台中市北區崇德路一段198號
暨門市電話	(04)22312023
郵政劃撥帳戶第	0100559-3號
郵撥電話	(02)23620308
印刷者	世和印製企業有限公司
總經銷	聯合發行股份有限公司
發行所	新北市新店區寶橋路235巷6弄6號2F
電話	(02)29178022

總編輯	胡金倫
總經理	陳芝宇
社長	羅國俊
發行人	林載爵

行政院新聞局出版事業登記證局版臺業字第0130號

本書如有缺頁，破損，倒裝請寄回台北聯經書房更換。　ISBN 978-957-08-4234-0 (精裝)
聯經網址 http://www.linkingbooks.com.tw
電子信箱 e-mail:linking@udngroup.com

國家圖書館出版品預行編目資料

大風吹：台灣童年/王盛弘著．葉懿瑩繪圖．
初版．臺北市．聯經．2013年8月（民102年）．
232面．13×18.8公分（當代名家・王盛弘作品集：1）
ISBN 978-957-08-4234-0（精裝）
[2018年10月初版第三刷]

855 102013714